Wiedersehen mit Dr. F.

Hans Wollschläger

Wiedersehen mit Dr. F.

Beim Lesen in Letzter Zeit

Göttinger Sudelblätter
Herausgegeben von Heinz Ludwig Arnold
Wallstein Verlag Göttingen

Es ist immer ein Wagnis. Denn nur in den größten Zusammenhängen mag die Wiederkehr des Gleichen gesichert sein; in den kleinen, den nicht mehr grenzenlos denkbaren, den nur begrenzt gelebten, herrschen die Wechsel, und jeder Lebensmoment enthält Chance und Gefahr, seinen Vorgänger zu verraten, zu widerrufen, ihn ins Irrtümliche abzustellen, gar Verfehlte. Wer das erfahren hat, geht vorsichtig um mit den Eindrücken, die seinem Leben tief und grundprägend zuteil wurden, auch denen, gerade denen der empfänglichsten Zeit, auch denen, gerade denen von deren Lektüre. Und wenn die Beobachtung richtig ist, daß die wachsenden Jahre das Konservative im Lebensbewußtsein steigern, so mag darin zwar alles nur mögliche Abnehmen mitwirken, auch nicht zuletzt das Schrumpfen jener evolutionären Basisenergie, die die Augenblicke altern läßt und sterben, um zu immer neuen Erscheinungen von Leben zu kommen, und die, zum nur allzumenschlichen Leid-Wesen, destruktiv ist »von Natur«; es ist auch das große Anzeichen und Dokument eines Vernunftssiegs, der dem tagtäglichen Allesfresser Tod das Handwerk saurer macht und dem vernichtenden Zeitgang die Schritte erschwert. Wo alles Irrtum werden kann, nichts sicher ist in der gedachten wie gelebten Welt, gewinnt das Bewahren am Ende die Autorität eines Prinzips, darf es, furchtlos vor aller so beunruhigenden Infirmität, wohl auch die Denkpflicht des immer neuen Hinterfragens selbst infrage stellen. Dies ist ein Privileg des Alters; es mag, als Erkenntnis, zu den wenigen Weisheiten gehören, die ihm nachgesagt werden. Es tut so, möchte man schlichtweg sagen, oft nicht gut, die Nächsten früher Jahre in allzu späten wiederzusehen; es ist, oft, riskant, die Bücherwelten wieder aufzusuchen, in denen einst die ersten großen Imaginationen erlebt wurden. Sie können sich als unhaltbar, nicht konservierbar erweisen, halten einen Schrecken bereit, der über jeden anderen geht: den Anblick der Verlebtheit von Geliebtem. *Gealterte Vergangenheit*, notierte sich Thomas Mann beim Wiedersehen mit dem heikel einstig gewordenen Freund Ernst Bertram[1]; nimmt man den ganzen Wiederhall der kryptischen Formulierung mit ihrer, dem Erlebnis unangemessen scheinenden, Wörterkargheit zusammen, so tut sich ein Blick in die Verborgenheit solchen Schreckens auf. Ich gehe ihm hier und heute vielleicht entgegen.

Die Erfahrung Thomas Manns – T. M.s, wie wir ihn familienvertraulich nennen wollen – hat, das ist schnell gesagt, mein Lese- und Lernleben immer begleitet: beglückend in glücksfähigen Zeiten, aufreizend in gereizten aber auch – und beängstigend in solchen der Ohnmacht; die großen Schreiber sind ja schattenlose Werdenshelfer nur für jene, die selber nicht schreibend werden müssen – oder, Gnadenmitgift, wie sie ihm selbst zuteil wurde, mit soviel Ich-Besitz auf die Welt kommen, daß sie um Zugewinn nicht zu ringen haben. Das waren posthume Erlebnisse und, eingemischt in viele andere, solche der Literaturgeschichte, und sie erstreckten sich über Jahrzehnte. Aber das Grundbild dieses Großgrundbesitzers der Literatur, der die ganze Üppigkeit des Gründerzeitlichen im Erbe trug und wohlverzinst anlegte, um von ihr noch in die Endzeiten hinein leben zu können wie Schopenhauer von der weislich geordneten Rente, dieses Grundbild wurde in zwei frühen Eindrücken angelegt und noch zu seinen Lebzeiten, und sie habe ich nun wiedergesehen. Sie gehören zusammen, so zu einer Erscheinung verschmolzen, daß sie mir immer noch untrennbar sind: der unter viel Aufwand und Schwierigkeit mir ermöglichte Anblick seiner Person – und der erste Anblick seines aufwendigsten und schwierigsten Buches. So sehr gehören sie zusammen, daß mir dessen Titelgestalt, ohne vom Widerstand ihres Signalements darin behindert zu sein, noch heute die Züge des 80-jährigen Greises trägt, der, etwas zögernd im jähen Gegenlicht der Mai-Mittagssonne, aus einem Theater tritt, sich mit dem Hut bedeckt und dann in umringender Gesellschaft verschwindet. Der Widersinn ist zu grell und groß, als daß ich ihm nicht bleibende Folgsamkeit schuldete – auch auf die Gefahr hin, noch tiefer ins persönlich Abseitige zu geraten als in jenen jünglichen Tagen mit ihren unbekümmerten Fragen, – auch auf die Gefahr hin, dort ein Ende mit dem erwähnten Schrecken zu finden. Sie müssen zusammenbleiben und einander erläutern, noch einmal wie damals, als sie, Leverkühn und sein Erfinder und Projektor, ohne jede Dreinrede der vielen mir noch unbekannten anderen Identitäten seines Roman-Universums, eine Personal-Union bildeten – jene mühelose Identität, die einfach »Faust« hieß –: wie werden sie aussehen bei dieser Revisitation?

Natürlich sind beide älter geworden inzwischen, das Buch fünfzig, sein Urheber hoch über hundert; das war zu erwarten. Er ist kein Zeitgenosse mehr, sein Werk nach dem Maß der Aktualitätenelle obsolet: eine endspäte Erbschaft des Neunzehnten Jahrhunderts scheinbar, darin vergleichbar dem von Richard Strauss. »Historisch« geworden mithin, längst, und das heißt ja auch: dem Gegenwärtigen entrückt, der unmittelbaren Erregung entzogen; ja, dem fatalen Schicksal der Gipsbüste überantwortet, jener starren Denkmals-Monumentalität, die sich anbahnt, wenn die Kritik, ihrer destruktiven Grundbestimmung nur am Lebendigen gewachsen, sich aufs Unisono einigt, und die er selbst sich so beängstigend liebenswürdig vorstellte, als *Dauer in Sonne, Regen und Schnee*, und *eigentümlich beruhigend über den Tod und die Existenz festigend* fand: *Tod, wo ist dein Stachel.*[2] Ich muß meine eigene Vorzeit wenigstens im Stichwortumriß wiederherstellen, um jene, seine in meine Gegenwart zurückzuholen und noch einmal erregungsfähig zu machen. Die Fahrt nach Stuttgart, letzte Empfehlung eines zugetanen Deutschlehrers[3] an den eben abgegangenen Abiturienten, nachdrückliche Verheißung dazu, es werde dort »das Endgültige« gesagt werden, war eine Enttäuschung: nicht weil ich die Schiller-Rede gar nicht zu hören bekam, denn es fand sich für den naiv Hingereisten kein Platz im Auditorium, sondern weil es der ungehörte, nur gesehene Redner war: ein fast gewöhnliches Gesicht, eine Gestalt, die, kleiner als erwartet, in wenigen Momenten an meiner Augenverehrung vorüberging, gestrafft hinfällig, irritierend gut gelaunt, plaudernd. Nichts Endgültiges, gar nichts vom Großen Geheimnis, das ich in seinem Besitz glaubte, ihm von den Augen abzulesen hoffte. Ansprechen konnte ich ihn nicht, wie ich es mir, im Zug zuvor immer wieder umformuliert, vorgenommen hatte, es ging alles viel zu schnell; und die Rede, von der ich mir etwas über die Letzten Dinge versprochen und die tatsächlich mit dem Letzten Ding begonnen hatte, nämlich dem Tod, konnte ich erst viel später lesen, als er selbst hinter der Schwelle verschwunden war, im Geheimnis selbst, dem Meta aller Physika, und meine Zeit sich von ihm entfernte. Der Ursprung der Geheimnissuche aber – und der Enttäuschung –, die durch das Buch, lag viel früher. Es kam, zu Weihnachten 1947, in einem Carepaket aus Amerika, sehr sinnige Beigabe zu den physischen Nährwerten, die solche Gaben enthielten, und ich habe tatsächlich, zwölf Jahre alt, darin gelesen, weil die Eltern darin lasen, nichts verstehend natürlich, ich wie sie, aber doch seltsam angezogen und eingesogen von dem magischen Thema »Faust«: ich suchte darin, aufs Theatralische gepolter Puppenspieler, selig auf der kleinen Insel im evakuierten Dasein, die »Marionettentheater« hieß, und eben damit beschäftigt, auf den weltbedeutenden Brettchen den greulichen Höllenrachen sich links auftun zu lassen, nichts geringeres als die abermalige Fortsetzung der Goetheschen des großen Fortsetzungsgedichts, ja die endliche Enthüllung seiner mir immer noch allzu geheimen Lehre: das Teufelswissen im Menschenmund, den Sinn der Hereinholung des Höllischen ins Irdische, das seine vom Einen ins Andere übertragenen Gestalten freilich weiterhin und lange noch der Erfahrung vorbehielt. Ich fand »es« nicht, auch hier nicht, das Geheime, und war sehr ratlos. Ganz gelesen habe ich das Buch ein Lustrum später, inzwischen werdender Musiker geworden und etwas mehr verstehend, und nochmals nach nochmals fünf Jahren, komponierend jetzt (nein, nicht wie Leverkühn selbst, doch mit seinen Wünschen – und sein Vorbild vor Ohren); das war schon in seiner Nachzeit und erbrachte immer noch wenig, nur daß die Dreistigkeit der jugendlichen Wechsel-Jahre nun auch genügend Selbst-Bewußtsein akkumuliert hatte, um die gebliebene Enttäuschung in ein Urteil umzumünzen. Es hieß: Mißlingen – und es blieb mir im Fortgang der Jahre und der vielen bereichernden Entdeckungen in diesem so unvergleichlich wohlhabenden, ja steinreichen Gesamt-Werk sonderbar beständig erhalten. Mißlingen, weil es mich, dies einzige von ihm, für das eigene Handwerk nicht bereicherte, vielmehr rätselhaft eher lähmte; das mochte ja sein, mußte nicht anders werden. Mißlingen, weil es mir, einzig doch ohne Frage, seine Entdeckung schuldig blieb – seiner Weisheit letzten Schluß?

Ich erwähne dies alles mit Umständen, um die Voraussetzung zu umschreiben, mit der ich mich dem nochmaligen Rendezvous mit meiner Enttäuschung, der doppelten, näherte. *Mit aller Bestimmtheit will ich versichern, daß es keineswegs aus dem Wunsche geschieht, meine Person in den Vordergrund zu schieben, wenn ich diesen Mitteilungen [...] einige Worte über mich selbst und meine Bewandnisse vorausschicke. Einzig die Annahme bestimmt mich dazu, daß der Leser – ich sage besser: der zukünftige Leser; denn für den Augenblick besteht ja noch nicht die geringste Aussicht, daß meine Schrift das Licht der Öffentlichkeit ... – ich bitte wieder ansetzen zu dürfen: nur weil ich damit rechne, daß man wünschen wird, über das Wer und Was des Schreibenden beiläufig unterrichtet zu sein, schicke ich diesen Eröffnungen einige wenige Notizen über mein eigenes Individuum voraus, – nicht ohne die Gewärtigung freilich, gerade dadurch dem Leser Zweifel zu erwecken, ob er sich auch in den richtigen Händen befindet, will sagen: ob ich meiner ganzen Existenz nach der rechte Mann für eine Aufgabe bin, zu der vielleicht mehr das Herz als irgendwelche berechtigende Wesensverwandtschaft mich zieht ...*[4] Wahrhaftig, mehr das Herz als Wesensverwandtschaft; aber so jedenfalls redet nicht Faust und läßt sich von ihm nicht reden, nicht in diesen Tönen; ein Kind behielt dagegen recht. Ließ es sich endlich denn von einem alten Mann widerlegen? Die letzten Tagebücher sind erschienen, von Inge Jens in abgöttischer Philologie ediert, und wie ich ihnen von Anfang durch alles Wer und Was des Schreibenden gefolgt bin, respektvoll immer vor seiner gewaltigen Lebens-Werks-

Errungenschaft, dankbar für die Gewährung, gereizt aber auch wieder durch die Inanspruchnahme für all die zelebrierten Alltagsadiaphora (und zornig allemal durch die Gelegenheit, die sie den Alltagsmenschen gaben, ihn auf der Ebene des Er-war-unser zu begönnern), so vollends nun in ihre und seine Letzte Zeit: neugierig wie fast nie, wie vorher nur im Entstehungsraum des *Faustus*-Buchs, ganz sonderbar egoistisch diesmal, ganz so – gestehe ich's nur ein, was an Kindisch-Jünglichem wieder mit heraufkam –, als müßte von mir selbst die Rede darin gehen. Ob das der Fall war, stehe dahin; viel gewichtiger blieb, ob denn nun endlich von Ihm die Rede darin gehe, von seinem *eigenen Individuum*, das mir immer noch die Antwort schuldig war auf eine ihm einst, wie auch nur stumm, gehaltene Ansprache.

Wir haben da, hatte er kurz nach dem *Faustus* in der Goethe-Phantasie geschrieben, *eine Art von großartigem Narzißmus, eine Selbsterfülltheit, viel zu ernst und um Selbstvervollkommnung, Steigerung und »Cohobation« des Gegebenen bis ans Ende bemüht, als daß ein Wort so kleinen Sinnes wie Eitelkeit dafür brauchbar wäre.*[5] Sicherlich nicht, dafür nicht und schon gar nicht dagegen, und die Erläuterung, die er Schillers faulen Äpfeln und Wagners Atlasbettdecken und eiderdaunengefütterten seidenen Schlafröcken[6] widmete, rückt auch die seinen ins Richtige zurecht und seine irritierenden Menu-Kataloge, einschließlich der Darmentleerung als Tagesereignis[7]: kein *Argument gegen die echte Erhabenheit seines Werkes*[8]. Sie sind alle noch und wieder da, seine Vanitäten, und der Begriff soll uns brauchbar doch für die kurze Bündelung des wahrlich Vielen sein: allem voran die sein Leben verstopfende, durch jede *Abführung* nur noch gesteigerte Hungersucht nach Anerkennung, Ehrung, jenem »Ruhm«, den Nietzsche mit Handschuhen anfaßte und mit Ekel unter sich trat. Es ist wirklich erstaunlich, dieses unablässige Nachschlagen im Öffentlichen, wer er sei, dieses hektische Einheimsen von sich doch nur selbstfeiernden Beglaubigungen, trist vergleichbar dem Eifer, mit dem Bruckner sich fachgutachtliche Zeugnisse über sein Können ausstellen ließ, dieses Sich-Ankletten an die Zelebritäten der Zeit, bis hin zum Kniefall vor dem Papst und zum Kuß auf den Fischerring, und daneben der dauernde Blick in den Spiegel der überzeitlichen Ruhmesträger: die ängstliche Beobachtung der *Imitatio Goethe's*, der in der *Lotte* vollzogenen *Unio mystica mit Ihm*[9], mit dessen Leben das seine in der Zeitung verglichen zu sehen (»das erstaunlichste unseres Jahrhunderts«), ihn im Schutz der lakonischen Anmerkung *Fiel mir auch schon auf* zutiefst ersättigte.[10] Alles zum einen gar nicht Ausweis eines Alters, in dem doch genügend Welt-Anschauung zusammengekommen war, um Triumphbögen und Pyramiden nichtig werden zu lassen; alles zum andern die Dokumentation einer inneren Zittrig- und Hinfälligkeit, die keine Wahl mehr hat und von der man, selber erzitternd, ahnen muß, daß sie in Vorspuren immer, lebenslänglich, sein Begleiter war. Als vom 80. Geburtstag *das Wort umgeht, daß selten oder nie ein Mensch so gefeiert worden sei*, kommentiert er im immer noch geläufig gesprochenen Ironisch: *Kurios, kurios. Eine Merkwürdigkeit, dieses Leben*[11]; aber das Gefeiertwerden selbst blieb ihm ein bitterernstes Desiderat auch seiner geistigen Lebensfühlung. Es hat nur alles darin auf einmal Risse bekommen: es zeigt, dieses Tagebuch, erst- und einmalig in ihm, diesem scheinwerfenden Erhellungs- und Überrundungswerk, plötzlich das Aus- und Eindringen einer Schwärze, vor der es nicht aus noch ein mehr weiß und die seine Physiognomie jählich verändert – ins nun endlich Wahre? Von *Benommenheit und Müdigkeit*[12] ist die Rede, von *Arbeitsnöten und Unzufriedenheit*[13], *Scham, Kummer*[14], *seelischer Bedrücktheit und Dunkelheit*[15], von *oft großer Nervosität, Erregung, innerem Zittern*[16], von *Weinen* einmal[17], *Todeswünschen*[18], von Ungeduld und Wut, Gereiztheit und Zerrüttung[19]: *Überlaufen, überschüttet, überfordert, gab ich mich oft der Verzweiflung hin.*[20] Darin spricht nicht die Altersbeschwernis allein, nicht nur die Endangst um *dies seltsame Leben*, das allfurchtbare *Bald ist es aus und wird nie wieder gelebt werden*[21]: es ist das *Leiden unter dem widerstrebenden Geist*[22], was ihm die Qualbekenntnisse unter die prothetischen Quisquilien seiner bewährt noch immer den Tag befestigenden Protokolle quält, das Ausbleiben der alles an sich ziehenden

Werkvision, das *Problem, was ich arbeiten soll, denn ohne das ist kein Leben.*[23] Und im Spiegel, der den Größten im ganzen Land zeigen sollte, ihm wahrlich zu zeigen verpflichtet war, erscheint Wagner, dem, einst von ihm gelassen als *bürgerlich* beschrieben und als *Gepräge rührender und ehrwürdig interessanter Krankhaftigkeit,* »ein Vormittag ohne Arbeit ein Tag in der Hölle« gewesen war[24], der *größten Vollbringer der Welt* einer, der *Werk-Mensch, Werk-Held sondergleichen*[25], und er erkennt sich nicht wieder: *Wahrhaftig, ich war nicht groß*[26]... *der Gedanke ans Große läßt mich die kultivierte Mittelmäßigkeit meines »Beitrags« empfinden. Laß gehen, ich werde nicht sein und nicht wissen.*[27] Die feiernde und zur Selbstfeier und Selbstbefeuerung so taugliche Schiller-Rede, Selbstbeschwörung noch einmal wie alle seine Essays, nennt er *armselig* und ist *ihrer sehr überdrüssig*[28]; die Erzählungen seit dem *Werk letzter Konsequenz, dem Faustus, Endwerk in jedem Sinn* erscheinen ihm als bloße *überhängende Nachträge, schon unnotwendig: Der Erwählte* und *Die Betrogene*: *Was ich jetzt führe, ist ein Nachleben, das vergebens nach produktiver Stütze ringt.*[29] *Bin ich wirklich am Ende?*[30]... *Schrecklich zu denken, daß ich meine Produktionskraft überlebe, da bin und nichts mehr zustande bringe*[31]... *Noch zu leben, ist fehlerhaft*[32]... Ist das das wirkliche Gesicht, das vor und nach dem Theater, von dem er wie eben noch in Köln, wo er nicht genug »gerufen« wurde, *nicht genug* haben konnte?[33] Ist's die *Melencolia,* die er, so theoretisch versiert, durch den verqueren Mund Zeitbloms schon längst beschrieben hatte? Die Hohlform der *Selbsterfülltheit,* der hallende Schmerzlaut aus der Tiefe der nicht mehr ironisch überwölbbaren Leere? »Narzißmus« also – und sein Endspiel, das Stranden, Zerschellen, Sich-Auflösen der gar nicht mehr großartigen Charakter-Panzerung im schwarzen Meer? Es ist das alles *viel zu ernst* noch einmal, als daß es in bloßen Begriffen untergebracht werden dürfte, und vollends nicht unterkommen, untergehen darf es im Verständnis des bürgerlichen Schlagworts. Und wenn man auch biographisch nicht sicher sein kann, wie tief der Gratulator Freuds die Psychoanalyse in sich selber wirklich eingelassen, ob er etwa die »Einführung«[34] von 1914 gelesen und verstanden und fortgedacht habe, so zwingt doch das *Endwerk in jedem Sinn* dazu, es auch in diesem zu verstehen, dem von Freud fortgedachten und weiter fortdenkbar gemachten, für den der Mythos nur die metapsychologische Metapher gab. Der Narzißmus ist das faustische Thema, das anonyme schon des anonymen Volksbuchs, das tragische der Tragödie, und im Endwerk Thomas Manns kommt es an sein Ende, vom Tagebuch als nur einem weiteren *Roman eines Romans* erläutert; wie kein anderes des Verfassers ist es mit seiner Person, seinem *eigenen Individuum* verbunden: das Thema der frühschicksalhaft arretierten Besetzungsfähigkeit, des Fremd-Seins und -Bleibens in der belebten wie unbelebten Erscheinungswelt, das Thema der *Kälte*, die tiefste und zugleich naivste seiner Metaphern.

Nun könnte man es dabei bewenden lassen, erschüttert zu sein – und bis in welche Tiefen, muß ich nicht erläutern – von dieser leidenschaftlichen Selbst-Dekanonisierung und, nicht kalt nun selber, aber auch hier *in würdiger Ernüchterung*, sich vorzustellen, daß sie, im letzten Oszillations-Spiel der Ironie, auch einen nicht kleinen Überwältigungsakt bildet, ja eine veritable Gewalttat: Wenn der Autor eines solchen Großwerks seine Größe auf solche Art degradiert, dann macht er damit zugleich die Kleinen noch kleiner, annihiliert sie, zwingt sie ins Verstummen. Aber nicht dieses Einschüchternde hat die Kritik sprachlos gemacht (und auch wohltuend verhindert, daß ihm mit posthumen Zensuren ermutigend auf die Schulter geklopft wurde); es ist etwas anderes, was sich unter der Schwelle von Ergriffenheit wie Erschrockenheit dem Bewußtsein nähert, ein Verbot ungleich größerer Dimension, und es kommt, von der Neben- und Nachschrift *Tagebuch* nur grell wieder erweckt, aus dem Werk, das er – mit größerem Recht, als alle Kritik es je beweisen oder widerlegen könnte – für sein letztes gelungenes hielt. Ist der Kritik an seiner Selbsterniedrigung das Nicht-doch unerlaubt, weil der herablassende Ton darin gegen jedes Menschenrecht verstieße, so wäre aber, und sei es vom winzigen Motivfeld der Notwehr aus, der kritische Blick auf das, was daneben wie Selbsterhöhung wirkt, zum Widerspruch berechtigt, bis hin zur Möglichkeit eines Nicht-doch anderer Art; er hätte vielleicht die Chance zu einem auch anderen Verstehen, ja könnte, indem er das Gelingen hinterfragt und ein Ent-Täuschen des Enttäuschenden versucht, gerade so in den Sinn des so rätselhaften Nebeneinanders von Verzweiflung und Brustton vordringen, den das Beiwerk in das Werk überträgt. Man sehe dem Schillerschen Œuvre die faulen Äpfel nicht an, hatte er konstatiert, wohl aber dem Wagnerschen die *Atlasschlafröcke*, das *dick und üppig Abgesteppte*[35], das zu seinen Arbeitsbedingungen gehörte: – könnte man auch ihm, T. M., ansehen, was die seinen waren, seine feierliche Hofhaltung mit sich selbst, die pontifikale Gemessenheit seiner Alltagsbewältigung bis zuletzt, gebündelt kurz: seine Eitelkeiten – und ihr endliches Eitelwerden in der unabänderlichen Einsamkeit seiner Liebesbeziehung zu Leben und Welt? Die strenge Textur der Bücher, ihr genau Gesetztes, ist fraglos das eine ihrer Äquivalente, die hinreißend elegante, ja wirklich im höchsten Sinn *kultivierte* Syntax seines Erzählens, in der sich alle Dingwörter der Welt unmühsam verfügbar bewegen, unfehlbar anscheinend auch, weil ohne Fehl, und was der Ironie, der anderen umfassenden Virtuosität dieses gewaltigen Humoristen, an Gestikulationen der Selbstbeschützung im Leben entsprach, an Notwendigkeiten von Bewaffnung gegen Angst, ließe sich ebenfalls mit einiger Genauigkeit beschreiben. Beschreiben ließe sich auch das Werbende, lockend Hinhaltende, das den Texten ihre oft absurde Spannung sichert: sie haben allesamt, Wagners musikalischem Diskurs darin durchaus verwandt, etwas Harrendes, intensiv Wartendes, und es läßt sich sagen, daß das Ehrungsverlangen des Autors im Leben nur ein Ausdrucks-Alias dafür war. Dies alles gehört, ein dauernder Werk-Lebens-Dialog, zur idiomatischen Syntax der narzißtischen Beziehungssprache: Der Narzißt »liebt« durch die Intensität seiner Suche nach dem Geliebtwerden, dem Auf-ihn-Zukommen der Brücke zur Fremden Welt, die er selber nicht zu bauen vermag (und Freud hat schon einführend erläutert, daß sie auf ihn auch wie auf keinen andern zugebaut wird); wirklich *großartig* hat sich die Charakterkonstitution der *Selbsterfülltheit* in diesem Weltbau-Werk verwirklicht. Es ist autobiographisch durchweg, und die Tagebücher, die der Autor als gleichsam lexikalischen Schlüssel, als Über-Kommentar, als übergreifenden Entstehungsroman der vielen Romane in sorgsamer Überlieferung hinzufügte, entfachen über ihm auch dieses weitere Glanz-Licht. Wem aber wäre dann noch zu widersprechen, was bliebe zu hinterfragen, wenn dieses faustische Unterfangen der doppelten Selbstdarstellung die Antwort wäre, – was könnte Kritik am Gelingen gerade des Faust-Werks, das alle diese Züge des Text-Charakters ins Extrem führt, noch hervorzufördern hoffen, welches nicht schon enthüllte Geheimnis denn, – welches andere Verstehen ließe sich noch erwarten?

Die Fragen nähern sich ihm nur zögernd, dem *dunklen Tongedicht*[36], dem *tief traurigen Buch*[37], und die Scheu vor dem Eindringen ins Allerpersönlichste behauptet auch hier ihr volles Recht, ja sie folgt geradezu der des Autors selbst, der sich eigens den Zauderer und Schauderer Serenus Zeitblom ersann, um auf Distanz bleiben zu können zu seiner Höllenfahrt. Das »Ich ist ein Anderer«, narzißtisches Credo noch einmal, beherrscht alle Selbstauskünfte – und zugleich bleibt es doch bloße Umhüllung der immer fast beschwörend mitvorgetragenen Mitteilung, daß er doch »auch« Leverkühn sei: *aufgespalten in zwei Personen,* sagte er im Interview.[38] Selbstbeschreibend jedenfalls sei das Buch: *eine sonderbare Art von übertragener Autobiographie.*[39] Nun ist Leverkühn eine fast transzendente Figur, ohne *ein Aussehen, eine Erscheinung, einen Körper – merkwürdigerweise*[40], kaum mit Händen zu greifen, selten redend und dabei meist durch Zeitbloms filternd verzerrenden Mund: nur zu naheliegend, daß die Forschung ihren Auftrag willig nach der Oberfläche gestreckt und in befleißigter Modellermittlung erschöpft, die *Entourage* aufgeklärt und im Erzähler die nun sattsam bekannten Eigenarten und Neigungen seines Erfinders und Souffleurs nachgewiesen hat. Aber man muß diesen Autor, es hilft nichts, wörtlich beim Wort nehmen und jenen, den Anderen, in den Blick, der das Zentrum finden will – das eigentlich persönliche und erlebte, nicht seine kunstfigürlichen Quellen, die viel weniger ihr Ursprung sind als dessen verhüllende Verschiebung: Adornos Philosophie, Schönbergs Theorie, Nietzsches Biographie. Zu gewaltig ist der Entwurf dieses *deutschen Tonsetzers*, als daß er keine Lebensschöpfung sein müßte im allerengsten Sinn, als daß er gar mit einem von Zeitblom verengten Buch sein Bewenden haben dürfte. Oder andersherum gesagt, und ebenso ernst: Zu laut, zu alleserschütternd grell und klagend ist das späte Lebensbekenntnis, als daß es, widerhallend in furchtbarer Realität, nicht unmittelbar aus dem Werk kommen müßte, das ihm dabei vor Augen steht. Nicht als Motiv, das auf der Hand liegt, vorgegeben; sondern als Lebensdiktat. Bloßer Stoff, dem Mythos abgezogen, mag darin sein, was die Geschichte dirigiert, bis hin zur Höllenfahrt, einschließlich Fausti Verzweiflung; ja selbst die narzißtische Selbstreflexion der *Kälte* könnte als intellektuale Interpretation und Analyse des im Mythos geronnenen psychologischen Grundsinns genügend verstanden werden. Nicht aber das Werk im Werk, dieses aberwitzige, lange theoretisch vorbereitete, von Seite zu Seite wie das Verhängnis selbst näherrükkende Werk, das als letzte Konsequenz aller abendländischen Kunst, und nicht erst in der Zukunft dermaleinst, sondern bereits geschichtlich unabänderlich, vorgeführt wird – und das doch das Höllenprodukt selber ist – und das unvernichtet gültig bleibt auch nach der Vernichtung seines Verfassers. Es enthält, diese oratorische Wehklage, die eigentliche Botschaft, und um sie zu hören, muß Zeitblom, der ihr vom Autor in den Weg gestellt wurde, auf die Seite. Er zaudert sie über hunderte von Seiten hinaus, und das luxuriöse, genießerisch auskostende Verweilen im Augenblick macht ihn nicht nur darum als Faust-Erzähler so aufreizend, weil es ja offenbar ganz unfaustisch ist, eine Gegensteuerung gegen die Dynamik der immer-strebenden Bemühung: es wirkt bremsend, wie dauernd retardierend, als wollte eine Eigentliche Mitteilung sich verschieben, als suche sie »mit allen Mitteln« einen Aufschub, so sehr, daß nach einer Weile der ganze

Roman nur aus retardierenden Momenten zu bestehen scheint, aus einer Anekdoten- und Episodensammlung, in die sich das Ziel-Thema vor sich selber zu flüchten, ja zu verflüchtigen scheint. Zeitblom kennt es, das Geheimnis, denn er schreibt daran und mit jeder Seite darauf zu, aber er sagt's nicht, bringt es nicht zum Ausdruck; erst indem er abtritt, macht er es lesbar. Sollte man ihm denn helfen abzutreten?

Er tritt auf im ganzen Hochglanz des Erzählens dessen, der ihn erzählen läßt, ja man möchte fast sagen, im Moment seiner Erschaffung selbst, noch nicht erschaffen: – ein Schöpfer setzt sein ebengebildetes Geschöpf in seiner Welt aus, die freilich kein Ebengefilde zum Eden-Garten mehr ist. Beide sind noch ungeteilt zu sehen in diesem wahrhaften Initialkapitel, die Allwissenheit des Einen und der Erkenntnis-Nullstand des Anderen; erst im II. Kapitel trennt sich der Zauberer mit der Namensnennung aus der Initial-Union, und Zeitblom steht da *in der Verwirrung:* die *fromme und schlichte, liebend verschreckte Seele,* die den Auftrag hat, in ihrem *Händezittern* die Selbstdarstellung ihres Demiurgen und seiner *unheimlichen Konzeption* fortan *travestierend sich malen zu lassen* und für eine *gewisse Durchheiterung des düsteren Stoffes* zu sorgen.[41] Die Spannung, die in diesem Meisterstück der ironischen Kunst gebildet wird, gibt freilich – eine durchaus mystische Vereinigung mehr – zugleich das Schicksal ihrer selbst mit zu erkennen: sie erhöht sich mit jeder Steigerung weiter ins Leere. Zeitblom, zum biographischen Alleswissen verurteilt, weiß nichts. Er hebt *mit aller Bestimmtheit* an, aber seine Rede läuft im Kreis um sich selbst, und sein Sagen bleibt in seinem Sein wie eingesperrt: *einige Worte über mich selbst und meine Bewandtnisse ... ich sage besser ... ich bitte wieder ansetzen zu dürfen ... will sagen ... will sagen ... darf wohl sagen ... Hier breche ich ab, mit dem beschämenden Gefühl artistischer Verfehlung und Unbeherrschtheit.*[42] Was eigentlich will er, soll er sagen – so lächerlich im Ernst, so gravitätisch im Ridikülen? Was kann er nicht sagen? Das Kapitel, das vor dem ganzen Buch wie eine Bündelung von komplexen Tonart-Vorzeichen steht, ist ein Versprechen, das niemals eingelöst wird; es häufen sich nur die Seiten, die seine Erfüllung verheißen und sich dabei einzig dazu eignen, ja beschieden zeigen, sie umspielend zu umgehen. Es häuft sich ebenfalls: die Schwere des Stoffes, den er durchheitern soll: als *an sich eine komische Idee*[43] zur Entlastung für den berufen, der ganz und gar nichts Komisches vorhat, verliert er die Lebenskraft seiner *Bewandtnisse*, je mehr ihm vom ganz und gar nicht Komischen, von *Wirklichkeit und Lebensgeheimnis*[44], aufgebürdet wird; er bricht schließlich darunter zusammen, muß ohnmächtig sein, was er nicht sagen kann: ein bloßer Partikel in der allüberziehenden Schwärze der Nacht. Seine Biographica, Episoden und Anekdoten, wahren ihre zubestimmte Erheiterungskraft ja kaum über die Expositionskapitel hinaus; zuweilen ist es, als warte er im Fortschreiben selber auf neue Möglichkeiten, wieder »er selbst« zu sein, seiner Zukunft ungewiß in der ihm doch gewissen Vergangenheit, die er beschreibt; wie Gottes Ratschluß scheint in ihm dem Autor Ziel und Ende der eigenen *unheimlichen Konzeption* unerforschlich zu werden. Oder wäre das, bei aller minutiösen Vor-Planung, jenes wirklich *Unheimliche* daran, das den Selbsterklärungen des Autors das Wort gab: daß das eigentliche Ende, das heimliche, gar nicht mehr das der »Geschichte« (wie immer auch das der Geschichte), vom Horizont wieder verschwunden, außer Sicht geraten war? Fortdrängend und fortgedrängt zugleich, sich selber immerzu retardierend schiebt das Leben des *Tonsetzers* sich weiter, und Zeitbloms Ton selbst gerät in einen Aufschub, der schließlich nicht mehr endet. Ich kann, was hier zusammenzutragen wäre, nicht alles vorführen; nur ein paar Stichworte sollen die Erinnerung aufrufen. Wie da etwa im Schleppfuß-Kapitel, dem XIII., die Klöpfgeißel-Anekdote in den Text gerät und Zeitbloms Erzählen in jene Form der ironischen Inszenierung, die den begrenzten Denkkreis des Erzählten in rhetorischer List zum eigenen macht, – wie er fast erschrocken im Kommentar in seine eigenen Beschränkungen zurückkehrt, dann zur Befestigung seiner selbst im XIV. Kapitel die Formentgleisung aufreizend müßig kommentiert und in die nächste Episode trödelt, die er nun, unter erneutem Verlust der *Biographen-Mimik*[45], als Dialogroman anlegt und derart ins – salopp würde man sagen: O-Ton-Protokoll dekonzentriert, daß er schließlich *nur »Und so weiter« sagen* kann[46], seines Eigenen endgültig verlustig, – wie er uns dann einfach aus dem Briefwechsel zu lesen gibt, den Leverkühn ihm zu lesen gegeben hat (XV.), – wie er, XVI., einmal dabei, gleich noch *einen Brief folgen* läßt[47], darin eingebettet die *Facetie und Büffelposse*[48], und wie er, doch die prädestinierte Parodie selber, bei all dem nicht nur die beste Kennerschaft des Parodistischen entwickelt, sondern schließlich, XVII., auch noch in eine *Kühnheit der Analyse* vordringt[49], die ihn abermals in eine neue Identität treibt, – bis er, darüber ersichtlich beunruhigt, endlich wieder in die nur selber komische Zeitblom-Beschränktheit zurückkehrt – –: wie wäre das alles zu nennen? Bekannt, wie es weitergeht: Nach der Peripetie, dem Teufelsgespräch (XXV.), in dem das »Ich« und »Er« seine Spaltung öffnet, verliert er die ihm zudiktierte Façon schrittweise vollends, erdrückt vom unaufhaltsamen Eindringen von Tod-und-Teufel in die biographischen Miszellen, die er abarbeiten muß, und *Scherz, Biographen-Mimik, das Pathos herabsetzende Selbstverspottung* vergehen vor dem *radikal Ernsten, Drohenden, auf irgendeine Weise von Opferstimmung Umwitterten*[50], das keine jupittoreske Serenität mehr duldet. Zuletzt, als das Ganze der *in Endes Zeichen* stehenden Welt in den Höllenstrudel gerät, dem Ende zu *eilt … drängt und stürzt*[51], geht sogar seine Syntax zum Teufel, die nun nichts mehr aufhalten kann; wo alles zur Hölle fährt, ist auch er dabei und sein Erzählen: umwittertes Opfer beide in eins. Das Schauspiel ist gar nicht mehr komisch und setzt auch die sympathetische Leser-Geduld merklich herab: wenn er sich, in jäher Aufraffung seiner selbst, im *Begriffe* erklärt, *eine Figur in meine Erzählung einzuführen, wie ein Romanverfasser sie seinen Lesern niemals bieten dürfte*[52], so fühlt man tatsächlich Bereitschaft, sie sich nicht mehr bieten zu lassen; wenn er umständlich einzusehen mitteilt, daß er all die *Quisquilien und Krümel-Abfälle meiner Beobachtung hier gar nicht hätte aufnehmen dürfen*, als *nicht buchgerecht … etwas Läppisches … lästige Zumutun-*

gen[53], so widerspricht man immer weniger. Was ihm vergeht, läßt ihn selber vergehen: der Humor, der dem Autor noch über dem *erasmischen Lächeln* der Ironie stand[54], wird schrill bis zum häßlichen Mißgriff: läßt er, in schon vorübertreibendem Ton, Clarissa sterben und *mit offenen Augen auf dem Kanapee am Fußende des Bettes, einem Möbel der siebziger oder achtziger Jahre, mit Rücken- und Seitenlehne, das ich aus der Rambergstraße kannte*[55], liegen sehen, so ist das eine von vielen Katastrophen, aber nicht nur eine des Menschlichen, sondern auch eine der Komödie, die jenes umfängt, und ihre Ironie wahrlich ohne Divinität. Solche Zusammenbrüche der *Heikligkeit gegen das Abgeschmackte*[56], die Leverkühn eigen ist, finden sich bei Zeitblom zahllos; Sie werden sich ihrer entsinnen ... Zeitblom, abgespaltene Identität seines Schöpfers, muß alles auch sein, was er, was dieser nicht direkt sagen kann: – was ist er dann endlich am Ende? Man darf das, *mit aller Bestimmtheit* an seiner Statt, durchaus direkt benennen: als Erzähler der Trümmerhaufen eines Charakters, der Bankrott einer dramatischen Figur, das Dokument einer *artistischen Verfehlung*. Oder wäre er, *Lebensgeheimnis*-Träger noch im Mißlingen seiner selbst, nur wieder und gerade darin Teil der artistischen Verfügung? Gehörte es zur *unheimlichen Konzeption* des Buches, seine Formen gerade durch ein hochartistisches Verfehlen ihrer Charakteristik scheitern zu lassen?

Was mit Zeitblom, dem so beredten Verschweiger, scheitert, ist »die Ironie« selbst, Ich-Stimme dieses Autors wie kein Idiom sonst und die Ur-Aufführung auch dieses Buches wie aller seiner Vorgänger. In der umfänglichen *Faustus*-Literatur ist sie kaum beschrieben, nur als geläufiges Stichwort in die Zuständigkeit berufen: die Tragödie entmutigt, ihr nachzugehen, und vollzieht sich doch gerade in ihr wie nie zuvor. Wiewohl als Wider-Sinn, als Anti-Materie des Stoffs geradezu, erkannt und diesmal mit Ängsten nur eingesetzt, hat sie unabteilbar Teil an seinem prädestinierten Schicksal, und ist sie ganz unten im allgemeinen Sinn immer Überbrückung des Tragischen und der Todesnachbarschaft, Verständigungsmittel der Lebenserschrockenen mit dem leidenschaffenden Leben, so hier im Buch mit unvergleichlicher Notwendigkeit: nicht nur als Panorama eines Epochen-Untergangs, als *Autobiographie* von wahrlich *sonderbarer Art* nähert es sich im fest fokussierten Rückblick mit jedem Erzählschritt auch ihrem persönlichen Ursprung. Wer im Vorsatz der *gewissen Durchheiterung*, ohne das erstmals zutiefst Ängstliche darin zu beachten, nur das gewohnte Lebenshandwerk des Verfassers aufgeboten sähe, Vergnügtheit herzustellen im Schlimmen, ja diesem, definitionsgemäß, »das Gegenteil« nachzusagen, griffe zu flach ins Verständnis der Selberlebensbeschreibung und ihres wie nie zuvor Ernst-Gemeinten: wie nie zuvor war davon auch die Gegenteils-Sprache ins Extrem gefordert, und daß sie der Katastrophe des Themen-Stoffs vielleicht mit einer ihrer selbst würde entsprechen müssen, stand als bange Vision hinter allen Ängsten der planenden Schreibstrategie und bewirkte im Fortschreiten der Arbeit alle Zusammenbrüche von deren Zuversicht. Man könnte so weit gehen, eine Ahnung davon sogar in der deutschen Premieren-Kritik antworten zu hören, die die von Freud der Ironie versprochene Wirkung der *komischen Lust* (beim Hörer erzeugt, *indem sie ihn zu einem Widerspruchsaufwand bewegt, der sofort als überflüssig erkannt wird*[57]) nicht genügend spürte, um ihren Widerspruchsaufwand als überflüssig zu erkennen, und sich erneut aufs Bündnis mit Schlegels bärbeißigem und urdeutschtümlichem Verdikt einließ, das sie in Gegensatz zu Ernst und Wesentlichkeit stellte; das Etikett des »Literaten«, mit dem Walter Muschg dem *Faustus*-Verfasser aufwartete[58], meinte genau dies – und tat darum eine so verletzende Wirkung, weil es, nur T. M. selber erkennbar, auch eine Selbstentblößung mißbrauchte. Nicht aus Insuffizienz, darf man jetzt sagen, sondern aus dem Initialzwang eines nachmals nicht mehr widerruflichen Entschlusses ließ der Autobiograph die Ironie, das großartige Grund-Idiom seiner Ich-Rede gegen das amorphe, immer skurril fremd empfundene Welt-Sprechen, in Krise und Zerfall hinein sich entwickeln, um zu den Wurzeln seiner Weltwahrnehmung vorzudringen, seinem wirklichen *Lebensgeheimnis*, dem seiner *sonderbaren Art* selbst; in Leverkühns Frage, warum ihm *fast alle Dinge als ihre eigene Parodie erscheinen* müßten[59], spricht dieser Entschluß sich als Antwort aus. Er geht ad fontes, durchbricht in und mit der Ironie die grandiose Schutzstruktur selbst, deren Baudatum in der seelen-archaischen Epoche der Individuation zu suchen ist, und wer dem »Geheimnis« des *Faustus* nachfragt, muß seinem Verfasser dorthin folgen. Daß er kindheits-arretiert sei, immer *das Kind, das ich bin* geblieben, wie er noch kurz vor dem 80. Geburtstag, in launiger Beiläufigkeit versteckt, einbekannte[60], war ihm vermutlich schon früh bewußt – wie er auch bereits 1911, in der Chamisso-Einleitung, die Selbstkenntnis ausdrücken konnte, daß Ironie *fast immer aus einer Not eine Überlegenheit machen* heiße[61]; »eine Not« war selber ein ironisch tiefgreifendes Wort dabei und meinte die tiefste. Auf dem Feld der ganz frühen narzißtischen Weltaneignung und ihres Mißlingens entwarf sich der Faust-Stoff mit seinem zentralen Thema; von ihm aus begannen Melancholie und Ironie, Paarläufer auf dem Eis der *Kälte*, ihre Karriere, der im *Endwerk* zu enden von diesem Anfang an vorbestimmt war. Man hat sich, auch wenn man der Scheu doch nachgibt, zu seiner versuchsweisen Rekonstruktion Indizien zusammenzutragen, das ganze Ausmaß des frühen Schicksals vor Augen zu bringen, das vom *Kälte*-Thema benannt wird, um das späte als sein Äquivalent zu begreifen – die Verzweiflung in diesem als wieder unmittelbar gewordene Stimme der Desperation in jenem nicht nur, ihren durchgebrochenen Ausdruck, sondern auch die Gewalt der egomanisch alles übergreifenden Selbstreflexion, die so auch das Tagesprotokoll noch nie bestimmt hatte, und ihre konzentrische Bezogenheit auf das eine, längst zurückliegende Werk im Fortgang aller Tätigkeit. Es war ja wirklich zu deren Quellen gelangt – ein Es-ist-erreicht um den Preis der Preisgabe dessen, was sie auf Distanz gehalten, ihn lebenslang gegen ihre Überflutungen geschützt hatte. *Opferstimmung* hatte zwielichtig genug, nicht Verlustgefühl, die Befindensbenennung während der Arbeit geheißen: etwas unerhört Aktives bewegte sie und blieb T. M. als Tat bewußt, nicht als Erleidnis, als er darauf zurücksah. Wäre diese Tat-Kraft die Spur, die zu seinem *Lebensgeheimnis* führte?

Ich-Leistung unbedingt war »einst« der Erwerb der Ironie-Sprache gewesen und ihre fließende Beherrschung, die Tugend aus Not, die Verständigung mit der bösen Fremde; indem er sie, die fast immer seither über Tragödien zu triumphieren hatte, für diese seine Tragödie aufrief und ins wissentlich Unbeherrschbare rücklaufen ließ, setzte er sich wie sie buchstäblich Lebens-Gefahr und Untergang aus. Dies war, Preisgabe aus Entschluß, Ich-Leistung noch einmal: eine gewaltig bewirkte, herbeigeführte Wiederkehr der einstigen – und, als ironischer Akt selbst, zugleich ihr Gegenteil, ja Widerruf. Um es so vielleicht doch, sein Leben selbst, beherrschen zu lernen, endlich, gefahrlos triumphal, – konnte er dies glauben? Die schreibstrategischen Antriebe für das Buch sind antagonistisch von Anfang bis Ende; sie überfrachten sich gegenseitig, verdrängen einander pulsierend im Wechsel, machen sich blind füreinander wie Angst und Mut; die Distanzierung zum Ursprung und das Aufsuchen von dessen Nähe stehen, wie auch einander den Rücken kehrend, im Werk-Vorsatz vereint – als ein dramatisches Ensemble, das alle anderen Figuren an die Wände spielt, und wer sich von ihm führen läßt, um den Raum, den sie umspielen, zu durchmessen, spürt die Hin- und Her-Zerrissenheit des Prozesses dauernd auch auf dem eigenen Gedankengang. Nur soviel vermittelt sich daraus unmittelbar: daß dieser Prozeß selber als ein unablässig Zerreißendes das Thema ist – und die Ironie der veritable Held des Werks, für dessen Lebens-Beschreibung selbst das Leben Leverkühns zuletzt nur noch erläuternde Vokabeln und Metaphern stellt. Sie ist, als Trägerin der »Geschichte« in jedem Sinn, das eigentliche »Objekt« der werkschöpferischen Absicht, wie sie als Sprache lebensgeschichtlich das Besetzungsziel der narzißtischen Libido gewesen war: Substitut für die Ganze Welt. Aufgerufen wird sie, heroisch genug, noch einmal mit allen ihren langbewährten Kräften: von Understatement und Wohltemperiertheit als Grundlaune des Texts bis zum mutwillig eingesetzten Aufreiz englischer Club-Gravität, vom Gehrockigen der Selbst-Aufführung bis zur Grillenhaftigkeit der Kostümausstattung, in der ihr das Weltpersonal als Statisterie zugeführt wird, von der Komik der sprechenden Namen bis zur Skurrilität der mikroskopierten Neben-Leben, vom Pathos der Platitüde bis zur raffiniert gesetzten Naivität, von der Verstiegenheit in den Felswänden des Erhabenen bis zum betulichen Gründeln im Tüddelkram des Menschlichen, das freilich in diesem Jahrhundert auch keinen so präzise liebevollen Blick auf sich gehabt hat wie den dieses Parodisten. Ein göttlich komödiantisches Kostümfest noch einmal – und als, selber ironisch eingesetzte, Stilisierung und literarisches Verfahren insgesamt der Reflex auf versunkene Ästhetiken des Erzählens, in dem sich *voltairisierender Spott*[62] und der Ernst wehmütigen Bewahrens unablässig gegenseitig brechen. Denn die Einst-Gebundenheit der Ironie bewahrt – das ist nie zu vergessen – immer auch die Ernst-Bindung ihrer Geschichte als Gedächtnis: Rettungsmittel dort gewesen, wiederholte sie in jedem neuen Hier-und-Jetzt mit der Möglichkeit, als Kind in den Grundformen der Frühsprache fortzureden, auch deren Rettendes neu ... Dies alles jedenfalls wird, dem Ander-Ich Zeitblom aufgebürdet, noch einmal ins Extrem getrieben, und der Szenenapplaus ist dem Text dabei immer wieder so sicher wie die ebenfalls langbewährte Kritik, die sich auch hier beim mise-en-scène eines nietzscheanischen Schauspielers aufhalten mag. Neu nur die Musik: Ausdrucksidiom extremer leidenschaftlicher Befindlichkeiten, *zweideutig* dabei, wie schon Settembrini sie ein Vierteljahrhundert zuvor gefunden hatte, als *das halb Artikulierte, das Zweifelhafte, das Unverantwortliche, das Indifferente,* bot sie für die literarische Selbstdarstellung die ideale Camouflage, die exakte Gegenteils-Sagbarkeit des Wahren, den perfekten aristotelischen Schein; die *Zweideutigkeit als System,* die der Autor durch den abgefeimten Theologie-Studenten Leverkühn seine Leser erkennen läßt, machte sie wie keine andere geeignet, die Synonyme der Ironie zu bilden. Sie war ihm »verständlich« und Gegenteil des Eigenen zugleich, eine Fremd-Sprache einmal mehr; ihre Aneignung – mit sehr beherztem *Hilfsgriff in fremdes Gut*[63] – erneuerte nur die einstige des Spracherwerbs und wurde, staunenswert, auch mit dessen wiederkehrender Energie geleistet. *Dieser*

Mann, heißt es im Buch selbst von dem dilettierenden Musiker Beißel, lisez: dieser Thomas Mann *bestellte das Feld der Musik, da er es einmal betreten, mit derselben Hartnäckigkeit, mit der er jedes seiner Ziele verfolgte*, und das Ziel war, in wunderschöner Metapher, nichts geringeres als das, *die ganze Heilige Schrift in Musik zu setzen.*[64] Man müßte, um der Hartnäckigkeit der diesmaligen Zielverfolgung näher zu kommen, im Zitat versammeln und untersuchen, was alles im Gegenteil-Sagen der Ironie Musik so über das Selbst und das bestellte Feld seiner Literatur gesagt wird; man müßte überhaupt alles aufbieten an Beschreibung der Ironie-Kunst, um die gewaltigen Vorbereitungen ihrer Höllenfahrt sichtbar zu machen – und den riesigen Verlust in ihrer Opferung, um den die letzte Zeit Trauer trägt. Denn daß sie mit dem Stoff zu kollidieren, von seiner Katastrophe verschlungen zu werden bestimmt war, wird gerade da verdeutlicht, wo sie sich dagegen mit allen Kräften wehrt und ihre lebenslang trainierten Künste über sich selbst hinauszutreiben sucht – to outherod Herod. Sie sind, diese Künste, ja kein Anfängerversuch, sondern Zenithkönnen eines Virtuosen und haben, als Künste, Teil an der *Enthemmung* des Künstlers im Vorsatz des Stoffs; ihr Untergang konnte wahrlich ein Trauerfall heißen. Aber Trauer – Trauer allein und überhaupt? Wäre die späte Verzweiflung damit ausreichend verstanden? Beunruhigend weiter, unberuhigt von solcher Erklärung, steht jener Zug der Untröstlichkeit darin da, der über die Arbeit der libidinösen Ablösung vom verlorenen Objekt hinausreicht und von Freud in seiner erhellenden Untersuchung geradezu als Differenzbestimmung der Melancholie beschrieben ist: der Verlust des Selbstgefühls, die »großartige Ichverarmung«.[65] Deren Ursache mahnt sich auch für diese Untersuchung an: ein Teil des betrauerten Verlusts liegt im Unbewußten und bleibt der seelischen Bearbeitung entzogen. In der Tat scheint in der »Tat« der Ironie-Opferung und ihres komplexen Widerrufs ein Moment freigeworden zu sein, das den Kern der Enthemmungssuche bildete, wie es zugleich, durch deren Erfolg aus der sichernden Ambivalenzbindung herausgefallen, im Über-Ich einen unvergleichlichen Verdrängungsdruck erzeugte. Damit wird die Frage nach dem *Lebensgeheimnis* erneut in die Frühzeit zurückgewiesen und ins nur weitere Dunkel. Nur von dort ja reichen die Kräfte über alle Zeit hinweg durchs Leben; dort nur liegen die Grund-Engramme auch der schöpferischen Arbeit, die einzig aus jenem Gedächtnis re-produziert, das »Phantasie« heißt; nur was dort einmal verzweifelt entworfen war, konnte hier über die im Buch verarbeitete, nachahnend nachgeahmte Verzweiflung hinaus in alle Zukunft fortwirken: in jenes unabänderlich exakte Futur, das seinen über die Zeiten greifenden Doppelsinn im – selber schon melancholisch durchfärbten – Wort »Einst« fast mystisch umschließt. Ist es, dieses so entlegene Geheimnis-Dunkel, überhaupt zu durchdringen, ohne daß man ins Unerlaubte, hoffnungslos Spekulative geriete? Zu suchen wäre ja tat-sächlich nach einem schlimmen, bösen, notwendig verdrängten Vorsatz von einst im Vorsatz des Buchs, darin wiederkehrend als Erinnerung, gelegen jenseits der Schutzmauer der Ironie, von der er aufgefangen, in der er »verbaut« worden war und nur durch Zertrümmerung freigesetzt werden konnte: der Vorsatz einer Tat von unerhörter Gewalt, einer Gewalt-Tat selber, reaktivierbar nur durch Enthemmung und in dieser erneut durch Verdrängungsdruck bestraft –: was denn wollte Fausts Wissensdurst wissen? Anders, mit T. M.s eigener ratloser Frage und Adornos Vokabel: Wohin sollte der *Durchbruch* führen?

Ich bin mir bewußt, wie weit die Frage nach Zeitbloms Mißlingen sich bereits ins Antwortende vorgewagt hat, in eine Bestimmtheit des Fragens jedenfalls, die ihre eigenen Antworten im Sinn trägt, und halte darin inne – nicht nur um die Un-Sicherheit wiederherzustellen, die den Autor selbst, auch seinen Interpreten verpflichtend, nie verließ und allem abhebenden Besserwissen etwas Sich-Überhebendes, Unstatthaftes verleiht, sondern auch um, in nur wieder Zeitbloms Gefolgschaft, *mein eigenes Individuum* wieder zurückzunehmen und das so schwer greifbare Ich des *Doktor Faustus* über sich weiterreden zu lassen; die Ergründung eines Buchs hat seltsam Teil an seiner Charakteristik und reproduziert, gerade wo sie erfolgreich zu sein hofft, wie von selbst auch seine Aporien. Sie sind, diese Aporien, in einem Maß Bestandteile seiner Struktur, daß sie sich vollends allen bloß kritischen Verdikten entzogen zeigen, und nur ihre erste Wahrnehmung durfte so »Enttäuschung« heißen, ein erstes Urteil »Mißlingen«. Es gibt ja für die externe Kritik bei den erkennbaren Großwerken ein solches überhaupt nicht; es gibt nur vereinfachende Hilfswörter für ihre immer komplexen Erscheinungen, und hier mag denn »Mißlingen« eines sein und weiter bleiben –: es fasse seine markanten Verfehlungen zusammen, die gegen alle Norm-Form gesetzte Syntax des Erzählens, das Sich-Verlieren in Nebensächlichkeiten, das Überwuchern der Hauptstimme durch die Nebenstimmen usw., und rufe dies alles auf, wenn es sich im Fortgang des Verständnisses als Wort zu Wort meldet. Auch da, wo der Autor selbst, vom Verdrängungsdruck bedrängt und gegenüber seinem Vorsatz geblendet, es für die labyrinthische Verlaufenheit seiner Konzeption und sein eigenes Verlaufensein in ihr in Anspruch nimmt –: es steht da nur einmal mehr für *eine Not*, die *eine Überlegenheit machen* will und zu können nicht abläßt; im Vorsatz selbst bedeutet es die unerbittlich, manchmal geradezu atemberaubend sich vollziehende Bestimmung zum Zerfall. Nur in dieser Struktureinbindung, immer wieder zu sagen, ist es bei einem Autor von so höchstem Formensinn, einem wahren Virtuosen des Erzählhandwerks, sinnvoll verständlich: das Scheitern des Erzählens bildet unmittelbar ab, was es erzählt, und ist wie dieses ein formales Alias des über den ganzen Stoff verhängten Endes. Nach der Frei-Willigkeit zu fragen, wird dabei ganz abwegig; in einem so elementaren Prozeß, wie ihn diese *Hervorbringung* darstellte, *die den Stoff eines ganzen Lebens in sich aufnahm, ein ganzes Leben, halb ungewollt, halb in bewußter Anstrengung, synthetisiert und zur Einheit zusammenrafft*[66], haben alle nur denkbaren Motiv-Antinomien als Differenzschichten des Unbewußten Platz und Recht. Wollen und Nicht-Ablassen – wohin, wovon? Immer noch verhält die Hinterfragung vor der verschlossenen Pforte jener Metapher, auf die sich alles Mißlingen machtvoll angezogen zubewegt: *die Idee des ›Durchbruchs‹, die sehr der Klärung bedurfte*[67], und es ist verstörend genug zu sehen, daß auch sie in den Entstehungs-Bekenntnissen keine Selbst-Sicherheit erhält, – verstörend und freilich folgerichtig zugleich. Was denn ist ihr Will-Sagen – *wohin geht der Durchbruch?* Adorno *weiß es auch nicht*, lesen wir[68] –: ja, ist es denn überhaupt zu wissen? Oder wäre die Botschaft auch dieses Faust die alte, immergleiche, die sich weitergereicht hatte durch alle Bearbeitungen: daß dem Fragen und Wissen-Wollen auch aus Teufelsmund keine anderen Antworten beschieden sind als jene, deren Widerhall das »And my ending is despair« ist und auch den Tagebuchschreiber T.M. schließlich end-gültig beschied? Wer ihn, den so beredten Erläuterer seiner selbst, zum Weiterreden bittet über sich und sein Werk, wird eher entmutigt, selber weiterzufragen, – oder doch nicht? Wie kein anderes habe es an ihm *gezehrt* und seine *innersten Kräfte in Anspruch genommen*[69], berichtet er, sein *»wildestes« Buch*[70], der *vielleicht nicht mögliche Roman*[71], der ihm *zu zerfließen scheint*, dessen *Auseinanderlaufen*[72] ihn besorgt, den er *oft bis zur Verzweiflung* fürchtet *zu verpfuschen*[73], in *gequälter Müdigkeit* dann *auszutrocknen und zu verderben* sich *gezwungen* fühlt[74], immer *gefährdet*[75], ins *Verderben*[76] überhaupt geraten sieht, in die *Verfehltheit*[77], ins *Mißraten*, das *wohl keinem Zweifel mehr unterliegen* könne[78], den er aber mit *wenig Gefallen*[79], in *Beunruhigung*[80], unter *Skrupeln und Zweifeln*[81], voller *Grauen*[82], durch immer wieder *schwere, tatenlose Tage*[83] doch – *Dennoch* – weitertreibt und *zu Ende zu führen*[84] entschlossen ist, weil er *so oder so zu Ende geführt werden muß*[85], bis das Mißlingen vollbracht ist –: ecce opus! Welch ein wahrlich unheimliches Werk, das, *recht eigentlich entwicklungslos*, aus soviel Insuffizienzen, soviel Zerfall zustande gerungen, zurande gezwungen wurde: in ein negatives Vollbringen gleichsam, in den Ruin aller Formen als *Formveranstaltung von letzter Rigorosität*[86], als destruktives, *allerdings bewußtes Verfügen über sämtliche Ausdruckscharaktere, die sich in der Geschichte [der Musik] je niedergeschlagen*: sein *strengstes Werk, ein Werk äußerster Kalkulation*[87]...! Wie von selbst sind mir hier, sind schon längst die Selbstbeschreibungen des Werks übergegangen in jene anderen, die es selbst im Werk von sich gibt –: wären denn beide, wie ihre Autoren, so einfach identisch zu sehen, Autographen desselben Entwurfs? Wäre in Leverkühns Komposition zuletzt nichts anderes beschrieben als die seines selbstbeschreibenden Erfinders T. M., die jene beschreibt! Wie, *Fausti Weheklag* der *Doktor Faustus* selbst? Die Entdeckung könnte klein heißen – und ich darf ihr um so eher trauen, als sie ja auch gar nicht neu, sondern in Eckhard Heftrichs Arbeit über die »radikale Autobiographie«[88] längst vorgetragen ist; größer sind die Konsequenzen, die sie fortzudenken aufgibt. Was der akademischen Literaturbetrachtung sonst den Schritt verhält (und auch allgemein viel tiefer ins Verdornte und Verwachsene führt, als die sturen Scheidewegschilder »Autor-Ich« und »Werk-Ich« ahnen lassen), verliert hier jede Tauglichkeit zum Einspruch: Ist die Identitätsspaltung das Faust-Thema ohnehin, so keine Frage, daß der Autobiograph, sich nur anfangs imstande meinend, auf das eine Ander-Ich Zeitblom *alles Direkte, Persönliche, Bekenntnishafte, das der unheimlichen Konzeption zugrunde lag, ins Indirekte zu schieben*[89], sein Ich im Fortgang von Zeitbloms Zerfall auf immer mehr Trägerfiguren verteilen mußte, nicht nur der *beiden Protagonisten, die zu viel zu verbergen haben, nämlich das Geheimnis ihrer Identität*[90], sondern ihrer aller Tertius comparationis. Das Ich-Sagen des Buchs durchsetzt sein gesamtes Ersie es Personal, bis dieses jeweils zusammenbricht unter der Überlastung, den Teufel so wenig ausgenommen wie sein humoristisch äffendes Spiegelbild, den Neben-Versucher Fitelberg; es durchsetzt schließlich sogar die abstrakten Mitspiel-Figuren – allem voran die der Musik. Sie dringt in dem Maße vor, in dem die Selbsterläuterung vordringlich wird, und zeigt sich mit und von ihr dem identischen Zentrum zugetrieben; immer weniger, schließlich kaum noch vermag der Autor sich von ihr zu trennen, und alle Ironie, die dem geopferten Zeitblom genommen wird, fließt in sie als den Inbegriff der Gegenteils-Sprache ein und macht sie zum Träger der Ich-Sprache total: was sie sagt und in Theorie über sich sagt, redet zuletzt allein vom *Faustus*-Werk selbst und seinem Verfasser. Durch all dies verdichtet sich die

Struktur unendlich, wie sie sich zugleich bis zur Leere entkräftet, indem sie ihre Eigengesetzlichkeit verliert –: so schwer ist *das Komponieren* geworden, das faustische, *zu schwer, verzweifelt schwer*, weiß der Teufel, und die Ursache, die er benennt, die zu sehr angewachsene *Ohnmacht und Not* des Menschen[91], ist im anwachsenden Ich-Sagen jene *eine Not*, aus der sich durch Kunst, durch *Schein und Spiel, die Fiktion, die Selbstherrlichkeit der Form*[92], nun keine ironische *Überlegenheit* mehr machen läßt. Sie führt auch die Frage nach dem *Durchbruch* zu weiteren Begriffen. Er ist der *aus der Konstruktion zum Ausdruck*[93] ihrer selbst, dem *unverstellten und unverklärten Ausdruck des Leides in seinem realen Augenblick*[94], und steht am Ende der progressiv gewachsenen Geschichte der Ich-Formen als Totale der Struktur und ihr Tod ineins; er ist das Ende selbst, das Sinnziel des Mißlingens. Auf dieses Ende hin sind alle es wie ihn vorbereitenden kunsttheoretischen Erörterungen zu lesen: jene *Partien des Romans, welche ..., indem sie das Tragische wie das Groteske aufbieten, den von rabulistischer Quertreiberei des Geistes verhöhnten Endzustand einer Gesellschaft zu kennzeichnen suchen, überhaupt darauf aus sind, das Gefühl des Endes in jedem Sinn accelerando heraufzubeschwören und imgrunde mit jedem Wort auf Leverkühns entscheidendes und repräsentatives Werk, das apokalyptische Oratorium hinstreben.*[95] Was denn aber beendet dieses selbst, entscheidend und repräsentativ, apokalyptisch im äußersten übertragenen Sinn? Wenn *das Medium des ›Freundes‹*, ursprünglich als einziges *zwischen mich und den Gegenstand zu schalten* geplant[96], wie Leverkühn und alle anderen Ich-Vikare vom teuflischen *»Freund, es geht nicht mehr«*[97] erreicht wird, wenn der Mittler Zeitblom abtritt, einen Trümmerhaufen hinterlassend, Nachspur eines Zusammenfalls auch der Erzählformen, der seine eigentliche Gestalt und Selbstdarstellung ist, hinterbleibt in seinen Ruinen, in der Aufkündigung des Bleibenden selber bleibend, nur um so reiner und ragender als *Gegenstand* dieses *Endwerk*, das nicht nur immer noch »das Geheimnis« umschließt, sondern auch das gesamte zerfallene Beziehungsnetz bündelt – in einer Engführung, in der es um so unheimlicher wird, je weiter, verstreuter und verspreuter, seine Elemente zusammengekommen sind: das Würfelspiel mit den Schicksalen der *Entourage*, des *wunderlichen Aquariums von Geschöpfen der Endzeit*[98], im Autobiographischen längst zunehmend unfreiwillig geworden, das Spiel mit den *Formen, aus denen das Leben geschwunden ist*[99], es ist alles beendet, »Ende« ihr einzig Gemeinsames. Das aber heißt, wo nur noch »Form« zur Rede steht, für den Roman selbst: Die *Vielförmigkeit* mündet ins Unisono der Formen, bricht durch in den Einen Ausdruck[100], und das geschlossene Werk geht zum Teufel, zu dem stofflich sein Komponist gehen muß; die Komposition selbst wird endgültig *dem Zapfenstößer-Orchester zur Exekution* übertragen.[101] Ex negativo erläutert das Werk so sich selber, *autobiographisch* nun im Extrem –: alle metaphorischen Elementarteile beziehen sich hinstrebend auf diese höllenfeurige Kernfusion, deren Vorbereitung sie bis hin zum Aberwitz dienstbar gewesen waren: – sogar Schildknapps Gebißzustand, in unmittelbarer Nachbarschaft zur Uraufführung der Apocalipsis, der *Prophetie des Endes*, beschrieben, hatte, so sieht man nun, schon herhalten müssen für den Endzustand des Romans: er ist es, in dem alle Brücken haltlos werden, *auf verbleibende schmerzende Wurzeln gepreßt*, so daß *die makabre Auflösung des Kunstbaus sich ankündigte*; das *»Es – bricht – zusammen«* ist wahrlich *schaurig* verkündet und Adrians Tränen-Lachen die Musik dazu.[102] Wäre dies das *Will-Sagen* auch Zeitbloms, der es endlos retardieren mußte, *jene bange Seele*, und nur eine ironisch verzerrte Aufschubsformel für das *»Es soll nicht sein«*[103], das *Ende in jedem Sinn*? Wahrhaftig, *wie ist es in jedem Takt und Tonfall dieses »Liedes an die Trauer« beschlossen!*[104] Er müßte, dieser Tonfall, Takt für Takt hierher zitiert werden – Rückblick auf den vollzogenen Untergang der Ironie und Lied jener Trauer, die als einziges im Ende nicht endet, der Melancholie. Was aber wäre deren Rest, der ins Unbewußte zurückgewichene, im Schmerz um den Verlust, – was denn soll nicht mehr sein? Die von Beethoven evozierte »Freude« wäre nur Stoff und darin eine Metapher mehr: – was steht nach deren und dessen Exekution nun da als das Ultimum des Sinns des *In-jedem-Sinn*? Um es denn endlich zu erblicken, muß man das *Endwerk*, das Leverkühns wie das T. M.s, am Ende voll mit sich selber kollidieren sehen, in der Fusion jener Parallelität nämlich, die zum frühesten Konzept des Romans gehörte: der Parallelität der enthemmten Kunst und des enthemmten Volks. Durch sie erst wird die Größenordnung der ganzen synthetisierenden und zur Einheit zusammenraffenden *Hervorbringung* ganz greifbar: Teufelsverführung auf beiden Seiten, Teufelswerk das Ergebnis hier wie dort ... wie, der *Faustus* T. M.s, die totale Struktur wäre das Seitenstück zum Untergang aller Gesittung, zu Hitler-Deutschlands Tod-und-Teufel-Schöpfung, Krieg und Megamord? Es hilft nichts, man muß dieser Verschränkung im Form-ohne-Formen-Taifun direkt ins Auge sehen, um in der *Formveranstaltung von letzter Rigorosität* das ungeheuer Gewalttätige, Todesabsichtliche zu erspüren, ihr Kriegerklärendes und -führendes, ihr wahrhaft Mörderisches ... das endlich erschließt ihr Geheimnis, Zeitbloms Will-Sagen und Eigentliche Mitteilung, »das Endgültige«, und führt allein zur Causa sufficiens für ihre und ihres Autors abgründige Verzweiflung.

Mörderisch? Das Wort steht nicht bei ihm, wirkt wie ausgespart inmitten der vielen anderen Wörter, mit denen seine *geheime Auffassung des Werkes als eines Vermächtnisses*[105] zum Ausdruck drängte: Eine *Art von Bangigkeit* kommt daraus auf ihn zu, Zurückschrecken, *weil ich es immer als mein letztes betrachtet habe*[106], *die Ahnung, daß es mit dem ›Stoff‹ nicht geheuer war und daß es Herzblut, viel davon, kosten werde, ihn in Gestalt zu bringen*, dazu *die unbestimmte Vorstellung einer gewissen aufs Ganze gehenden Radikalität seiner Anforderungen*[107], denen gegenüber ihm der *Joseph* als *das reine Opernvergnügen im Vergleich damit* erscheint[108] –: Nie hat ihn, *dabei bleibt es, eine Arbeit so erregt und bewegt*[109] wie dieses *schlimme Endwerk*[110], das *radikale Bekenntnis*[111], das, *Lebensopfer durch und durch, keine Rücksichten kennt*[112], das *Lebensbuch von fast sträflicher Schonungslosigkeit*[113], das *makabre Werk*[114], der *schreckliche Roman*[115], der *düstere Stoff* und *seine Schrecknisse*[116], das *radikal Ernste, Drohende* darin[117], das *Neue, Gefährliche*[118], die *Unmenschlichkeit* seiner *menschlichen Kruditäten*[119], die *Unmenschlichkeit*, die *das Buch des Endes kalt durchweht*[120] –: *Mir schwebt*, nehmen wir mit der Werk=Werk-Gleichung hinzu, *etwas Satanisch-Religiöses, Dämonisch-Frommes, zugleich streng Gebundenes und verbrecherisch Wirkendes, oft die Kunst Verhöhnendes vor ...*[121] – *eine Art von Résumé aller Verkündigungen des Endes* ... und als *das Wesentliche* darin: *das Werk dem Vorwurf des blutigen Barbarismus sowohl wie dem des blutlosen Intellektualismus bloßzustellen*[122] ... All diese Extreme, diese Flut von Hinweisen auf ein Äußerstes, erklärt das Stoffliche nicht mehr, weder das Faust- noch das Selbst-Biographische; es erklärt nicht, warum das Buch in diesem Maß *von Anfang bis zu Ende in einem Zustand tiefer Erregung, tiefer Aufgewühltheit und Preisgabe geschrieben* ist ... *Ich kann doch manches ausdrücken, aber ich kann nicht ausdrücken, warum es so schrecklich ist*[123] ... Ich will es denn nun an seiner Statt versuchen – und ohne jeden Umweg über weitere Zeitblomsche Retardationen: Das *Wesentliche* des *Endwerks in jedem Sinn* war der Vorsatz, nicht nur mit dem *Epochenwerk* die Epoche, sondern mit seiner Literatur die gesamte Literatur zu beenden. Wie er es in dem immer wieder geänderten *fatalen Stück* des VIII. Kapitels erstmals und noch zaghaft, vom Versucher Adorno souffliert, über »die Sonate«, *die Sonate überhaupt*, verhängt hatte, gleich zweimal gebrochen als Botschaft Kretzschmars in Zeitbloms Mund, sie habe *sich zu Ende geführt, zu Ende auf Nimmerwiederkehr ... als Gattung, als überlieferte Kunstform ... sie habe ihr Schicksal erfüllt, ihr Ziel erreicht, über das hinaus es nicht gehe, sie hebe und löse sich auf, nehme Abschied*[124], so führt der Roman, der wirklich »der Roman überhaupt« ist, es an sich selber durch und sich dadurch zu Ende: im *»magischen Quadrat« eines Stils oder einer Technik, die noch die äußerste Mannigfaltigkeit aus identisch festgehaltenen Materialien entwickelt, und in der es nichts Unthematisches mehr gibt, nichts, was sich nicht als Variation eines immer gleichen ausweisen könnte ...*[125] Was als Entstehungsschicksal eines Werks »Mißlingen« der Formen hieße, enthüllt sich so als bewußtes – oder besser: vom geheimen Vorhaben überwältigend bewirktes – Verfahren, sie um sich selbst zu bringen durch Überformung, durch ein endgültiges Resultat alle Entwicklungsmöglichkeiten zu beenden. Das ist nur als schöpferischer Akt gewaltigsten Maßes denkbar, nicht als Erleidnis zerfallender Kreativität; nur mit Teufels Hilfe ist es zuwege zu bringen, und nur darum bleibt, was im schillernden Widersinnsspiel der *Sinnverkehrungen* doch den Triumph der Kunst bedeuten müßte, im Werk wie als Werk Teufelstat und böse. Das Mißlingen ist Vorstufe und Bedingung des Vollbringens, Mittel zum Zweck und Ziel; mit dem »Es ist nicht mehr möglich« verschmilzt in Höllenlogik das »Es ist erreicht«. Vor diesem Vorgang als Vorsatz werden auch die Lebensparallelen von Verzweiflung und Selbstbehauptung als verschmolzene Einheit verständlich und beider, für ein Arbeitsprojekt ja doch erstaunliche, Extremität. Es ging nicht um ein *Spiel mit etwas Ungeglaubtem*[126], sondern um eine Sache von tödlichem Ernst, und alle Selbsterläuterungen, die sich später mit ja geradezu geständniszwanghafter Beredtheit einstellten, beziehen aus diesem Ernst ihre Zweideutigkeit: *Verantwortlichkeit ... so viel Entschlossenheit zum Direkten ... Einsatz von Wirklichkeit und Lebensgeheimnis ... nötig Maske und Spiel angesichts des Ernstes meiner Aufgabe, dessen ich mir hier zum erstenmal von Anbeginn klar bewußt war ... Dieses eine Mal wußte ich, was ich wollte und was ich mir aufgab: nichts Geringeres als den Roman meiner Epoche.*[127] Sie wirken, diese Selbsterläuterungen, wie das Stottern Kretzschmars vor dem *Tod*, dem Bestimmer des *neuen Verhältnisses*, das *das Subjektive und die Konvention* eingehen[128]: das Subjektive der *Autobiographie* nun als das narzistische Ultimum der *Selbsterfülltheit*, der Höchste und Einzige zu sein, – und die Konvention als das Erzählen, dem seine Ironie schon immer die Sterblichkeit aufs Gesicht zu treiben versucht hatte und das er nun um alles Fortleben bringen wollte. Das war kein Vorhaben mehr, das sich thematisieren, im Stofflichen eines Romans und in seinen Grenzen darstellen und mit ihm beenden ließe: es war ein außerkunsthaftes Unternehmen mithilfe der Kunst. Im Spätwerk Mahlers, des heimlichen Vorbilds für die *unheimliche Konzeption*, gibt es den Zertrümmerungs-Moment, das Hereinbrechen der Katastrophe von außen in die Form, in der die Form selbst vernichtet wird; es ist gleichbedeutend mit dem Tod, ein Herzschlag-Stocken sein Ausdruck.[129] Vor solchem Von-Außen sind alle Ängste nur »natürlich« – wie zugleich die innerwerklichen Probleme davor bagatellarisch werden, einschließlich aller *menschlichen Kruditäten*: bloßer Stoff mit Hindernissen, die zu nehmen sind. Als T. M. nach dem Abschluß mit Katia *über die ›Morde‹ des Buches sprach*, notierte er sich ein lakonisches *Schlimm, schlimm* dazu[130], und es war wohl die Antwort im Gespräch selbst, das man sich vorstellen kann; dergleichen hatte er zuvor *mit Leichtigkeit (wie leicht ist das Katastrophale!)* vollbracht wie das *Kapitel XLII, den Mord in der Trambahn.*[131] Die eigentliche Todverhängung war von ungleich größerer Dimension als die über ein paar Figuren der *Autobiographie*: ja, so mörderisch waren seine Absichten, daß er sie, sobald das Selbstlaufen der *unheimlichen Konzeption* gewährleistet war, verdrängen mußte und konnte – und daß ihr Verdrängtes sich schließlich somatisch gegen ihn selber wendete, um sich auszudrücken – als Karzinom –: *es war das Buch, das mich verzehrte*[132], wußte er: *»I suffered too much.« Noch heute denke ich nach über den Sinn dieses Unsinns.*[133] Es war ja keiner; das Geschäft, das er mit dem *Faustus* unternommen hatte, mit einer so entschlossenen Aktivität, daß es nicht mehr nur inszenierend heißen kann, Umgang mit der dramatischen Figur Tod, sondern Mord, – dieses Fertigbringen spielte in seiner äußersten wie innersten Realität und war das Ich-Zentrum aller bloß verspielten Autobiographica, das Solo des Werks, in dem es ausdrücklich *kein Solo* gibt[134]; wohl mochte das Gewissensleiden dabei verzehrend und »zuviel« für ihn werden. Er, der alle Menschendinge seines Erzählens immer schon *mit Leichtigkeit* in Lebensgefahr gebracht hatte, indem er sie in die Selbstparodie laufen ließ, hatte diesmal wirklich das Ungeheure geplant und nicht nur eine Geschichte, sondern d i e Geschichte zum Teufel geschickt – die eigene nicht nur, sondern die gesamte vor ihm und nach ihm; in diesem Sinne, *in seinem Verhältnis zu allem Vorhergehenden*, drängte sich ihm der *Vergleich mit »Parsifal«*, dem anderen vollbrachten Endwerk, immer wieder auf.[135] Es war wirklich ein Geheimnis, sorgfältig zu hüten: *der Gedanke des Öffentlichwerdens dieses Lebens- und Geheimwerks und seiner Allerweltsexistenz als Buch unter Büchern* war ihm nach dem Abschluß *in tiefster Seele fremd und unfaßbar*[136]: kein Buch unter Büchern, sondern ein einundeinziges, der Schlußpunkt unter dem langen Text, der »Erzählen« hieß, »Roman«. Die Formel von der »novel to end all novels« zitierte er in der *Entstehung* aus Harry Levins Joyce-Buch und merkte an – »mit unbewegtem Gesicht«, möchte man sagen –, dies treffe wohl auf den *Faustus* nicht weniger zu und korrespondiere genau mit seiner *eigenen Frage, ob es nicht aussähe, als käme auf dem Gebiet des Romans heute nur noch das in Betracht, was kein Roman mehr sei.*[137] Kein Roman – das war aber, nach Adornos kulturkritischem Verdikt über das Gedicht nach Auschwitz, nur noch ein Synonym für: Nichts. Die Literatur konnte nie wieder werden, was sie gewesen war, wie Deutschland es nie wieder werden konnte; als Buchenwald neben den Frauenplan zu liegen kam, war nichts mehr zu retten, und selbst die persönliche Rückkehr schloß es aus: *Ich schwor mir, daß man mich nicht zu sehen bekommen werde.*[138] Er hatte *wenig dagegen, ein Spätgekommener und Letzter, ein Abschließender zu sein* –: tatsächlich wollte er nichts anderes mehr sein als der Letzte überhaupt, der die Geschichte abschloß ... Erst Jahre später, als die Geschichte weitergegangen war, konnte er Worte setzen für das, was das Buch des Abschließens *so schrecklich* gemachte hatte: Ganz jung, erinnerte er sich, habe er den kleinen Hanno Buddenbrook – neben Leverkühn ausdrücklich seiner Liebe am nächsten – *unter die Genealogie seiner Familie einen langen Strich ziehen* lassen: *»Ich dachte – ich dachte – es käme nichts mehr.« Mir ist, als käme nichts mehr. Oft will mir unsere Gegenwartsliteratur, das Höchste und Feinste davon, als ein Abschiednehmen, ein rasches Erinnern, Noch-einmal-Heraufrufen und Rekapitulieren des abendländischen Mythos erscheinen, – bevor die Nacht sinkt, eine lange Nacht vielleicht und ein tiefes Vergessen.*[139] Das war, verdrängt und gestanden zugleich, sein Werk gewesen, der Sinn seines faustischen Oratoriums –: es konnte nichts mehr kommen; er selber hatte den langen Strich, der die lange Nacht war, unter die Genealogie seiner Familie gezogen …

Adornos Trost für den zu sehr leidenden Autor war, die vis comica hebe alles Deprimierende auf; das sagte seine Güte, schwerlich sein Geist. Dieser mußte, konsequent fortdenkend, dem Aufhebenden widersprechen, das T. M. selbst sich, des Untergangs seiner ironischen Gegenkräfte nur zu bewußt, gegen sich und die Schrecknisse seiner Bewerkstelligung im Werk *recht von Herzen gedacht*[140] selbst ausgesonnen hatte, und er tat es mit Vehemenz – und fügte sich mit Konzilianz, die er im Leben immer bereit hatte, wo er dem entschieden Anderen und seinen Auffassungsgrenzen begegnete. Was ungebrochen negativ hätte bleiben müssen, wird denn so am Ende des Endwerks mit *einer letzten, wahrhaft letzten Sinnesverkehrung* versehen[141], die *künstlerische Paradoxie* mit dem *religiösen Paradoxon: daß aus tiefster Heillosigkeit, wenn auch als leiseste Frage nur, die Hoffnung keimte?*[142] Ihr Synonym ist die *Gnade*, die der endende Leverkühn nicht findet und die das beendende Buch nicht sucht –: anrührend zutiefst, aber doch arglistig theologisch, *gottesschlau* wie Joseph, führt der Autor sie ein, nun von sich selbst *hemmungslos, unbekümmert um die schon vorgegebene Konstruktion, der Subjektivität überlassen*[143], – und als nun Rettung nur noch seiner selbst. Indem er in ihr das höllenführende und -fahrende Buch dem Deus absconditus ex machina zur Exekution überträgt, ist sie, als wahrer Trug-Schluß der Komposition, die letzte Inkonsequenz, das letzte Mißlingen, das noch zum Vollbringen fehlt, der reine Ausdruck gegen die Struktur, die gordische Knotenlösung. Sie ist nur noch zu glauben, so absurd, wie die Auferstehung Echos es wäre, die sie ja ist. Mit dem Tod des Erlöserkinds, *dieser süßen und schrecklichen Episode*[144], wurde die Erlösbarkeit des Menschen selbst zunichte; das ganze Christentum war darin widerrufen. Wortsinnsmetaphorisch als *das Zurückgeben des Menschenlautes als Naturlaut* beschrieben[145] und im System der unendlichen Bezüge dem wiedergewonnenen Ausdruck der Strukturkomposition parallel, blieb

Echo Teil des Durchbruchs, den der Höllenpakt ermöglicht hatte, und wurde darum von der Hölle zurückgenommen wie Beethovens Freude. In der Gnade kehrt beides wieder: Widerhall von ganz fern des anrührenden *»Gelt, da freust du dich, daß ich gekommen bin?«*, von dem der Autor untergründig genug kundgab, daß es *wirklich einmal gesprochen* worden sei[146]. Man bedarf, im System der unendlichen Bezüge, nicht der Beobachtung, daß die Echo-Initiale E als fünfter Buchstabe der Gnaden-Initiale G als fünftem Ton der Skala entspricht, um die Identität zu erkennen: wirklich erscheint als *das letzte Wort,* wie auch *verschwebend … langsam vergehend … nachschwingend im Schweigen*[147], im Cello-Ton Mahlers nicht nur die assoziierte Vision vom Ende einer wahren Nacht-Musik, sondern auch die des erlösend erlösten Kindes selbst mit allen seinen Bedeutungen. Vor- und Nachzeit wenden sich und heben sich auf im Moment einer halben Seite Text, in der das ganze Buch zusammenstürzt: Trauer nicht mehr im Noch-nicht … Aber das *Licht in der Nacht* versucht die Nacht so ohnmächtig nur aufzuhellen, wie Mahler es mit der Tilgung des dritten Hammerschlags in s e i n e r Autobiographie versuchte: dem Ende des Klagewerks folgt, identisch und ungewandelten Sinns, das Ende des Buchs und aller Bücher, und das letzte Wort der Sprache Musik darin ist der *stark dissonante Akkord,* mit dem Leverkühn über seinem Instrument zusammenbricht[148]: ein Klagelaut, der nicht nur Zeitblom *für immer* im Ohr hängenzubleiben bestimmt ist; die Botschaft des G bleibt das »Nacht schon bald«, mit dem Adorno dann seine große Studie über den Inspirator Spiritus beschloß.[149] Die Bezüglichkeiten zitieren einander, beschwören das Historische als Zukunft: Gegenteils-Ironie ein letztesmal – und als Zusammenschlag im Mißklang von deren tieferer Bedeutung Ende des Zwei-Zeiten-Spiels, dem in der Gnadenmöglichkeit von Zeitbloms Hoffnungsmoment eine Zukunft verheißen ist, die doch in der Schilderung von Leben und Höllenfahrt bereits vollzogene Vergangenheit sein wird: das exakte Futur. Es blieb, von keinem Licht erhellbar, der Wille des Werks und seines darob zu Tode und Grauen erschrockenen Autors. Das *Licht in* *der Nacht:* nur Notwehr gegen sich selbst, nur dissonanter End- und Untergangslaut der Ironie, nur Zuflucht bei der *stehengelassenen Konvention*[150]? Nicht wirklich aufgehoben wurde die Verzweiflung, nur suspendiert, nur retardiert ein letztesmal von dem Erzähler, der wider die besiegelte Untröstlichkeit der verwüsteten Welt anruft – und dem, Teilhaber am faustischen Schicksal, am Ende nun auch beschieden ist, aus seinen formierten Grenzen in den Ausdruck durchzubrechen: *Hört nur den Schluß, hört ihn mit mir* ... Aber der wirkliche *Schluß* ist ein anderer, und wie nur *die Seele* jenen hören kann, nachlauschend dem *Ton, der nicht mehr ist*[151], so kann in diesem wirklichen[152] auch nur sie der G-Gnade noch anempfohlen werden: – dicit et non est ...[153]

Gnade nannte T. M. in den späten Jahren nach dem *Faustus* vieles, was seinem Leben widerfuhr, dem ja wahrhaft gnadenreichen; *Gnade* hieß ihm sogar das, wofür er dankbar war, als er die *bewegte Kniebeugung* vor dem Papst fertigbrachte, *leidend und ungläubig erhoben*[154]: – war sie so sehr, quia absurdum, sein Glaube, daß sogar dieser Pius tauglich wurde, ihn zu erfüllen? Er kniete vor dem *weißen geistlich milden Idol* wie im Beichtstuhl, absolutionsbedürftig für eine Böse Tat, – absolutionswürdig nicht aber auch für viele Gute Werke? Die Gnade, das Unverdiente, »ohn' alles Verdienst und Würdigkeit« Auserwählende, Absurde, blieb seine Thematik, vom *Erwählten,* der ein Thema und Werk des Doktor Faustus Leverkühn fortschrieb, hinüber zur letzten Beschäftigung mit dem Doktor Luther, der am meisten über sie nachgedacht hatte: er dürstete zuletzt nach ihr wie zuvor nur nach der Enthemmung, und sie wurde ihm nicht zuteil. Sein Leben, dessen äußere Befeuerung vom Zeitalter der Petroleumlampe bis in das der H-Bombe reichte –: er hatte mit fester Natur und gesammelter Konzentration alle Abgründe der langen Strecke passiert, des inneren Feuers sicher, und dieses *Licht in der Nacht* blieb ihm nun versagt. Verzweiflung stattdessen, durch keine Arbeit des Trauerns zu beenden, durch keine neu begnadete Arbeit zur Absolution zu bringen –: woher kam sie? Darf, muß man denn überhaupt noch weiterfragen,

– wäre Tat-Einsicht nicht Grund genug? Ganz fraglos kam sie aus dem Buch, und seinem Zeiten-Spiel mischte sich, die einzig fortsetzungsfähige Realzeit des Erzählers T. M. fortsetzend, dessen Fortleben nach dem im Werk beschriebenen Werk hinzu, *übertragene Autobiographie* in Konsequenz. War alles dem Roman einst vorgelebt, die letzte Verzweiflung war es nicht: sie war ein Stoff-Sujet gewesen, ein bloßes Konstrukt, – sie mußte dem fortwirkenden Buch nun nacherlebt werden. Nichts mehr vom Vivace seiner Weltbewegungen, dem immer so erstaunlich Hochgemuten, Hurtigen, gravitätisch Aufgeräumten; das späte Tagebuch, noch einmal der *Roman eines Romans,* klammerte das erzählte Leben klüglich in die Zeitkausalität ab und konnte doch nicht unwirksam machen, daß die Aufhebung der Zeiten, die das Buch vollbracht hatte, vergeltend in auch seine Ordnung eindrang. *Verwirrtes, zerfranstes, überfordertes, leidendes Dasein ... gehetzt, überreizt, dekonzentriert, mißbraucht ... konfuses, verzetteltes, fruchtloses Dasein ...*[155] Es schien sich alles zu erfüllen, was das Buch verfügt hatte. Wirklich ja ging die Epoche »in der Folge« seines Epochenwerks, folgsam sollte man fast sagen, zu Ende: man könne *einen allgemeinen geistigen und moralischen Niedergang nicht übersehen,* sagte er zwei Monate vor seinem Tod im Interview[156], nüchterne Vokabel für das, was auch Höllenfahrt heißen könnte; das *unauslöschliche Verbrechen*[157] der angewandten Atomphysik gehörte dazu. Oder war es doch nur »das Altern«, das Schrumpfen der evolutionären Energie? Auch die seelischen Äquivalente der somatischen Verfassung gehen dabei vielleicht aus den Fugen und werden instabil, und je extremer der einstige Charakterumbau war, desto größer mag der Zusammenbruch sein; auch gerät schon bei Hämorrhoiden und Zahnfleischentzündung die Lebenshoffnung genügend ins Prinzipielle, um im Tag nicht mehr abrufbar zu sein. Aber T. M.s Leibesleiden waren, das läßt sich wohl behaupten, immer Folgen, nicht Ursachen seiner Tagesdepression, und die Altersbeschwerden erklären nicht die nun alle Tage überstreckende Verzweiflung. Es war die *Werkleerheit,* die ihn quälte, *voller Scham und Gram* erkannt[158]: jene *Ideenlosigkeit,*

Reglosigkeit des Geistes[159], die er bei Leverkühn beschrieben hatte und die ihn nun den teuflischen Kältezug spüren ließ, der jenen berührt. Zutiefst bewegend teilt sich im Tagebuch das fröstelnde Tasten nach dem Ausweg mit, die noch einmal faustische Suche nach dem begnadeten Endwerk, das er doch allbeendend schon vollbracht hatte –: was er das *Hauptproblem des Schreibens* nannte, *die tägliche Erneuerung der Lust und der Energie aus den nervösen Reserven und dem Ethos des Fertigmachens*[160], ließ sich nicht mehr lösen. Der von Sterilität bedrohte Künstler war ein altes Sujet, dem alte Selbsterfahrungen zugrunde lagen: bedrohend wohl oft, aber immer auch wieder abgelöst von jener *Behendigkeit im Genesen*[161], mit der er sogar das Karzinom überwunden hatte; diesmal wollte sie sich nicht einstellen, und die Lähmung der Melancholie erreichte alle Freude – und zuletzt verbietend die einzige Liebe des Narzißten selbst, die zu den Wörtern und ihrer weltbewältigenden Macht. Der *Erwählte* und *Die Betrogene* nur *Nachträge:* – es wäre ja zu beschreiben, wieweit sie es nur sind: der *Erwählte* griff in den *Faustus* selbst zurück, in ein Werkmotiv v o r seinem Ende, und vielleicht kam durch diese List allein das große Glokkenläuten darin noch einmal zustande; die *Betrogene* war nur eine weitere Novelle im Todesreigen der Schicksale, die im *Faustus* hätte stehen können. Der *Krull* schließlich –: *mich langweilt's unendlich*[162] – *ich fürchte eine entwürdigende Wirkung*[163] ... Die Tragödie durfte nicht um ihren Ernst kommen, sie ließ auch ein befreiendes Satyrspiel nicht mehr zu. Es war ihr verboten – von ihr und ihrem Verfasser selbst. Das Endwerk hatte reinen Tisch gemacht mit der gesamten Literatur, die wirkliche tabula rasa, und die späten Ängste sind nicht nur die vor den Folgen dieser unerhörten Gewalttat, sondern auch ihre Folge selbst: nun durfte auch von ihm nichts mehr erzählt werden. Mochte sich ihm verdrängt haben, was er getan hatte, – in der späten Verzweiflung kehrte es, sich rächend, aus der Unkenntlichkeit wieder, und seine Botschaft lautete: *Noch zu leben, ist fehlerhaft* ... Das aber hieß, nach seiner eigenen, vielfach abgesicherten Gleichung: noch zu erzählen wie einst ist nicht mehr möglich. Im letzten Endalter wurde der große Humorist der Wörter beim Ernst genommen in seinem Wort vom Endwerk –: es war das gewesen, das a l l e Werke beendete, auch das seine.

Nach der *Radikal-Kürzung* der Schiller-Rede träumte ihm, *daß überhaupt nichts übrig bliebe*: – von Schiller, von seiner Rede –? Von ihm selbst, ist das Will-Sagen des Traums[164]: Ausdruck der untersten Angst, die ihn einst seine Sprache hatte erlernen lassen, um das skurrile Weltsprechen damit zu überwachsen ... Tschechows *Unglaube an seine Größe*, an den er zuletzt denken mußte wie an Prosperos Verzweiflungsende: er habe *von stiller, bescheidener Größe so viel*, sagte er.[165] Aber der seine hatte nichts davon, er war das gnadenlose *Klage, Klage* noch einmal in unerhobener Gestalt –: *Wahrhaftig, ich war nicht groß* ... Sie sind mir, Leser, geduldig durch ein Wiedersehen gefolgt, und das Ende mit Schrecken, das bei solchen Rendezvous möglich ist und das ins Auge zu fassen war, hat sich eingestellt – wenn auch auf andere Art als erwartet. Der *Faustus* h a t t e ein Geheimnis – nicht nur für den forschenden Blick dessen, der ihm einst in aller Einfalt eines abverlangte: ein *Lebensgeheimnis* in der Tat. Das Zusammengehören des 80-jährigen Gesichts mit dem Faust-Buch, das die Zufallsfügung meiner ersten Bekanntschaft mit beidem für mich entstehen ließ –: was es an Identität im Verzweifelten zeigt, übermannt alles, was an Autobiographischem im Werk zu ermitteln wäre, und stellt es ins bloß Materielle ab. Es hat, dieses Gesicht, viele Gesichter darin; das der Verzweiflung allein steht für sich: als einziges »Motiv«, das nicht vom Leben ins Werk getragen wurde, sondern vom Werk ins Leben zurückschlug. Es brachte ihm die eigentliche Tuchfühlung mit dem Tod. Zu den Alterswerken gehört von Alters her charakteristisch, daß sie ihr Ende als das Ende der Welt sehen: tragisch-großartige Essenz des demiurgischen Bewußtseins, das die kreative *Selbsterfülltheit* ihren Verfassern gewonnen hat, wie auch beispringende Tröstung für die von Ende zu Ende alternde Welt. Fortleben heißt immer, solche Endgewißheit irren zu machen. T. M. hat diese widersinnige Hoffnung, als Licht in der Nacht seiner Gewißheit und ihres gnadenlosen

Wahrspruchs, selber nur zagend für sich und sein Werk noch gehegt, in anrührender Gnadenerwartung seines Fortbestands: *heute und später*, schrieb er sich auf, werde sein Werk, als ein *Lächeln der Allusion* auf die Größe der Literatur, vielleicht *Wissende, Gütige, Amüsable erfreuen*[166] – auch später, wo es nach seinem die Freude zurücknehmenden Endwerk sonst keine mehr geben würde. Die Bewunderung hat es leicht, ihr Recht bewiesen zu finden vor diesem tief tätigen Leben. Wahrhaftig, er war sehr groß, und die Freude, die sein Werk in die Welt brachte, hält gültig an. Muß auch ihre Aufhebung durch sein endliches Verdikt anhalten? Daß nach der Auschwitz-Katastrophe kein Gedicht mehr möglich sei, Adornos viel zitierter, beredeter, bestrittener Satz –: die Lyrik nach ihr ja hat ihn in seinem elementaren Sinn bewiesen, voran die »Todesfuge«, die wie eine weißgeisterhafte Erscheinung des Unmöglichen selbst heraufkam, um das Unmögliche zu sagen, und die doch der größten der Fugen das Unvollendete als Figur nachspielte, das Versprechen der offenen Zukunft. Wäre nach der Katastrophe von *Fausti Weheklag*, dem abgründig widersinnigen Pendant, auch kein Roman mehr möglich? Was nach ihr erzählt worden ist, ungebrochen von ihrem Abbruch, widerlegt T. M.s Bestreitung wohl schwerlich, bestätigt nur eher seinen Satz, daß Roman nur noch sein könne, was *kein Roman mehr sei.*[167] *Nur bei Stümpern und Dilettanten sprudelte es*, hatte er vor einem halben Jahrhundert schon konstatiert, in seinem ersten Versuch über Schiller und sein *Leidenswerk*; an ungehemmtem Produzieren der *Schnellzufriedenen und Unwissenden*[168] war, wie nach allen Endzeiten, auch nach der seinen kein Mangel. Aber der Strich, den sein Werk unter die Genealogie des Erzählens gezogen hat, ist beunruhigend sichtbar geblieben, und einzig im Werk, vollends im späteren Alterswerk des damals jungen Mannes, der ihm als der *deutsche Frechdachs*[169] noch zur Kenntnis kam, den er nicht mochte und der auch ihn nie mochte, einzig in seinen Romanen, die keine mehr sind, hat sich die Konsequenz für die nächste Epoche bleibend gültig verwirklicht. Denn das Komponieren war sehr schwer geworden, wirklich *verzweifelt schwer.* Die dauernden Werke sind jene, denen die Zeit viel Zeit schuldet, um sie zu ihrer Realität gelangen zu lassen; welche das sein wird, bleibt offen wie sie. Das *Leben des deutschen Tonsetzers Adrian Leverkühn erzählt von einem Freunde* wurde, durchbrechend durch den darin formulierten *Niedergang*, als Durchbruch selbst das offene Werk; es spielt, befremdend, weiter in der Fremde der Zukunft, und der Widersinn der Gnadenhoffnung gibt ihm dorthin das Sichere Geleit ... Am Schluß müßte stehen, was Urteil sein sollte, Bekenntnis nur sein kann: Noch heute, Jahrzehnte nach seinem Verfasser, kann keiner, was er konnte, ist keiner, was er war; nicht einmal das Recht, ihm, wie er einst mit vieler Bedeutung Mereschkowsky, in den Mantel zu helfen, hat weithin einen Anwärter. Das Verdikt des *Doktor Faustus* scheint in noch große Ferne zu reichen; es hat wohl die Kraft, auch seinen Schrecken noch lange zu entfalten. Daß es doch irgendwann scheitern möge, läßt sich nur hoffen ... Der »Große Thomas«, wie er in Gottfried Benns privatem Nachruf hieß, der »große alte Erzengel über uns allen«, der die andern neben ihm »zum größten Teil Putten und Amoretten« bleiben ließ[170]: wahrhaftig, er war sehr groß. Er wird uns allen, den Nachlebenden, Nachschreibenden, noch viel zu schaffen machen.

Nachbemerkung

Der Text gibt eine Rede wieder, die der Autor am 25.10.1996 in Lübeck vor der Thomas-Mann-Gesellschaft gehalten hat; dabei wurde der längere Abschnitt über die Ironie aus Zeitgründen in wenigen Sätzen zusammengefaßt und der gesamte Schluß improvisiert. Auch in der ausgeschriebenen Fassung behält dieser Versuch etwas Vorläufiges, nicht nur weil ein solches Thema nie zu Ende kommen kann, sondern weil es sich, selten in der Literatur, um die Aufgabe handelt, »polyphone Musik« zu beschreiben: für sie ist eine andere Form als die lineare Darlegung zuständig und nötig. Die umfangreichen Niederschriften, die bei der Wiederbeschäftigung mit dem Stoff entstanden, werden in dieser Form später dem Grundtext beigegeben werden und in den vorbereiteten »Schriften« des Autors erscheinen.

Nachweise

Die Texte Thomas Manns werden nach der sog. Frankfurter Ausgabe zitiert: *Gesammelte Werke in Einzelbänden*, herausgegeben von Peter de Mendelssohn, 20 Bände, Frankfurt 1980 ff., die Tagebücher nach der ebenfalls von Peter de Mendelssohn, fortgeführt von Inge Jens herausgegebenen Edition, Frankfurt 1977 ff.

1 Tagebucheintrag (künftig abgekürzt TB) 29.8.1954. – **2** TB 17.10.1954. – **3** Sebastian Heißel, ehrenden und liebenden Angedenkens. – **4** Thomas Mann: *Doktor Faustus. Das Leben des deutschen Tonsetzers Adrian Leverkühn erzählt von einem Freunde* (GW, künftig abgekürzt F), 9. – **5** Thomas Mann: *Phantasie über Goethe* (1948), in: *Leiden und Größe der Meister* (GW), 297. – **6** Thomas Mann: *Leiden und Größe Richard Wagners* (1933), in: *Leiden und Größe der Meister* (GW), 765. – **7** TB 16.8.1953 und passim. – **8** wie Anm. 6, 766. – **9** Thomas Mann: *Die Entstehung des Doktor Faustus. Roman eines Romans* (1949), in: *Rede und Antwort* (GW, künftig abgekürzt E), 132. – **10** TB 25.6.1953. **11** TB 30.6.1955. – **12** TB 13.6.1953. – **13** TB 13.7.1953. – **14** TB 6.9.1954. – **15** TB 25.9.1954. – **16** TB 10.4.1954. – **17** TB 18.7.1953. – **18** TB 18.6.1954. – **19** TB 13.7.1953. – **20** TB 4.7.1954. – **21** TB 15.6.1953. – **22** TB 25.9.1954. – **23** TB 17.1.1954. – **24** wie Anm. 6, 765. – **25** TB 19.6.1954. – **26** ebda. – **27** TB 1.8.1953. – **28** TB 23.4.1955. – **29** TB 6.7.1953. – **30** TB 6.9.1954. – **31** TB 20.6.1953. – **32** TB 6.7.1953. – **33** TB 29.8.1954. – **34** Sigm. Freud: *Zur Einführung des Narzißmus*, in: *Gesammelte Werke* Band X, London 1946. – **35** wie Anm. 6, 766. – **36** F 656. – **37** Thomas Mann: Brief an Agnes E. Meyer vom 17.12.1946, in: Thomas Mann – Agnes E. Meyer: Briefwechsel, herausgegeben von Hans Rudolf Vaget, Frankfurt 1992. – **38** Figaro Littéraire, Paris, 14.5.1950, in: *Frage und Antwort. Interviews mit Thomas Mann 1909-1955*, herausgegeben von Volkmar Hansen und Gert Heine, Hamburg 1983, 319. – **39** Thomas Mann: *Über den Faustus – An Emil Preetorius* (1947), in: *Rede und Antwort* (GW), 288. – **40** E 189. – **41** E 149. – **42** F 9 ff. – **43** E 149. – **44** E 153. – **45** E 154. – **46** F 169. – **47** F 187. – **48** F 195. – **49** F 196. – **50** E 145. – **51** F 605. – **52** F 523. – **53** F 401. – **54** Thomas Mann: *Humor und Ironie* (Beitrag zu einer Rundfunkdiskussion, 1953), in: *Rede und Antwort* (GW), 303. – **55** F 514. – **56** F 224. – **57** Sigm. Freud: *Der Witz und seine Beziehung zum Unbewußten*: *Gesammelte Werke* Band VI, London 1940, 199. – **58** vgl. TB 2.11.1953 und Anmerkung der Herausgeberin 518. – **59** F 182. – **60** Brief an Agnes E. Meyer vom

9.2.1955, in: wie Anm. 37. – **61** Thomas Mann: *Chamisso* (1911), in: *Leiden und Größe der Meister* (GW), 537. – **62** E 139. – **63** Thomas Mann: Brief an Theodor W. Adorno vom 30.12.1945, in: *Briefe 1937-1947*, herausgegeben von Erika Mann, Frankfurt 1963. – **64** F 92 f. – **65** Sigm. Freud: *Trauer und Melancholie*, in: *Gesammelte Werke* Band X, London 1946, 429. – **66** E 132. – **67** E 178. – **68** TB 23.1.1944. – **69** E 132. – **70** E 133. – **71** E 175. – **72** E 177. – **73** E 178. – **74** E 185. – **75** E 198. – **76** E 196. – **77** E 197. – **78** E 205. – **79** E 177. – **80** E 198. – **81** E 196. – **82** E 197. – **83** E 197. – **84** E 205. – **85** E 198. – **86** F 652. – **87** F 65.3 – **88** Eckhard Heftrich: *Radikale Autobiographie und Allegorie der Epoche: Doktor Faustus*, in: Eckhard Heftrich: *Vom Verfall zur Apokalypse. Über Thomas Mann*, Frankfurt 1982. – **89** E 149. – **90** E 190. – **91** F 322. – **92** F 324. – **93** E 279. – **94** F 325. – **95** E 218. – **96** E 149. – **97** F 325. – **98** E 267. – **99** F 326. – **100** vgl. E 279. – **101** F 353. – **102** F 607. – **103** F 639, 655. – **104** F 655. – **105** E 258. – **106** E 141 f. – **107** E 142. – **108** Thomas Mann: *An Hans Reisiger* (1947), in: *Rede und Antwort* (GW), 292. – **109** E 279. – **110** E 229. – **111** E 233. – **112** E 188. – **113** wie Anm. 39, 288. – **114** E 236. – **115** E 241. – **116** E 149. – **117** E 145. – **118** E 143. – **119** wie Anm. 39, 289. – **120** E 147. – **121** E 232. – **122** E 234 f. – **123** wie Anm. 108, 292. – **124** F 78. – **125** F 650. – **126** F 241. – **127** E 153 f. – **128** F 74. – **129** Gustav Mahler: *IX. Symphonie:* Sämtliche Werke Band X, herausgegeben von der Internationalen Gustav Mahler Gesellschaft, Wien (Erwin Ratz), Wien 1969, 1. Satz, Takte 314 ff. – **130** TB 18.7.47. – **131** E 273. – **132** wie Anm. 108, 292. – **133** E 248. – **134** F 652. – **135** E 279. – **136** E 285. – **137** E 191. – **138** E 182. – **139** Thomas Mann: *Bemerkungen zu dem Roman »Der Erwählte«* (1951), in: *Rede und Antwort* (GW), 301 f. – **140** F 656. – **141** F 656. – **142** F 657. – **143** F 652 f. – **144** E 279. – **145** F 650. – **146** E 277. – **147** F 657. – **148** F 673. – **149** Theodor W. Adorno: *Mahler. Eine musikalische Physiognomik*, Frankfurt 1960. – **150** F 76. – **151** F 657. – **152** F 682. – **153** vgl. F 305. – **154** TB 1.5.1953. – **155** TB 11.6.1954. – **156** Stuttgarter Zeitung, 1.6.1955, in: wie Anm. 38, 394. – **157** TB 4.3.1955. – **158** TB 14.6.1954. – **159** F 607. – **160** Interview in: Die Weltwoche, Zürich 3.12.1954, in: wie Anm. 38, 391. – **161** E 252. – **162** TB 22.1.1954. – **163** TB 4.6.1954. – **164** TB 9.4.1955. – **165** Thomas Mann: *Versuch über Tschechow* (1954), in: wie Anm. 5, 1007. – **166** TB 19.6.1954. – **167** E 191. – **168** Thomas Mann: *Schwere Stunde* (1905), in: *Frühe Erzählungen* (GW), 380. – **169** TB 7.2.1954; von der Herausgeberin nicht ermittelt und fehlkommentiert: Arno Schmidt. Die verständlich angegriffenen Stellen in: *Aus dem Leben eines Fauns*, Hamburg 1953, S. 140, 36 und 97; vgl. TB 12.1.1954. – **170** Gottfried Benn: Brief an Erna Pinner vom 25.8.1955.

Die Deutsche Bibliothek – CIP-Einheitsaufnahme

Wollschläger, Hans:
Wiedersehen mit Dr. F.
Beim Lesen in Letzter Zeit / Hans Wollschläger. –
Göttingen: Wallstein-Verl., 1997
(Göttinger Sudelblätter)
ISBN 3-89244-275-4

Vom Verlag gesetzt aus der Adobe Garamond
Umschlag: Thomas Müller
Druck: Hubert & Co, Göttingen
ISBN 3-89244-275-4